万葉集を歩く

犬養孝がたずねた風景

富田敏子・山内英正 編著

JN209936

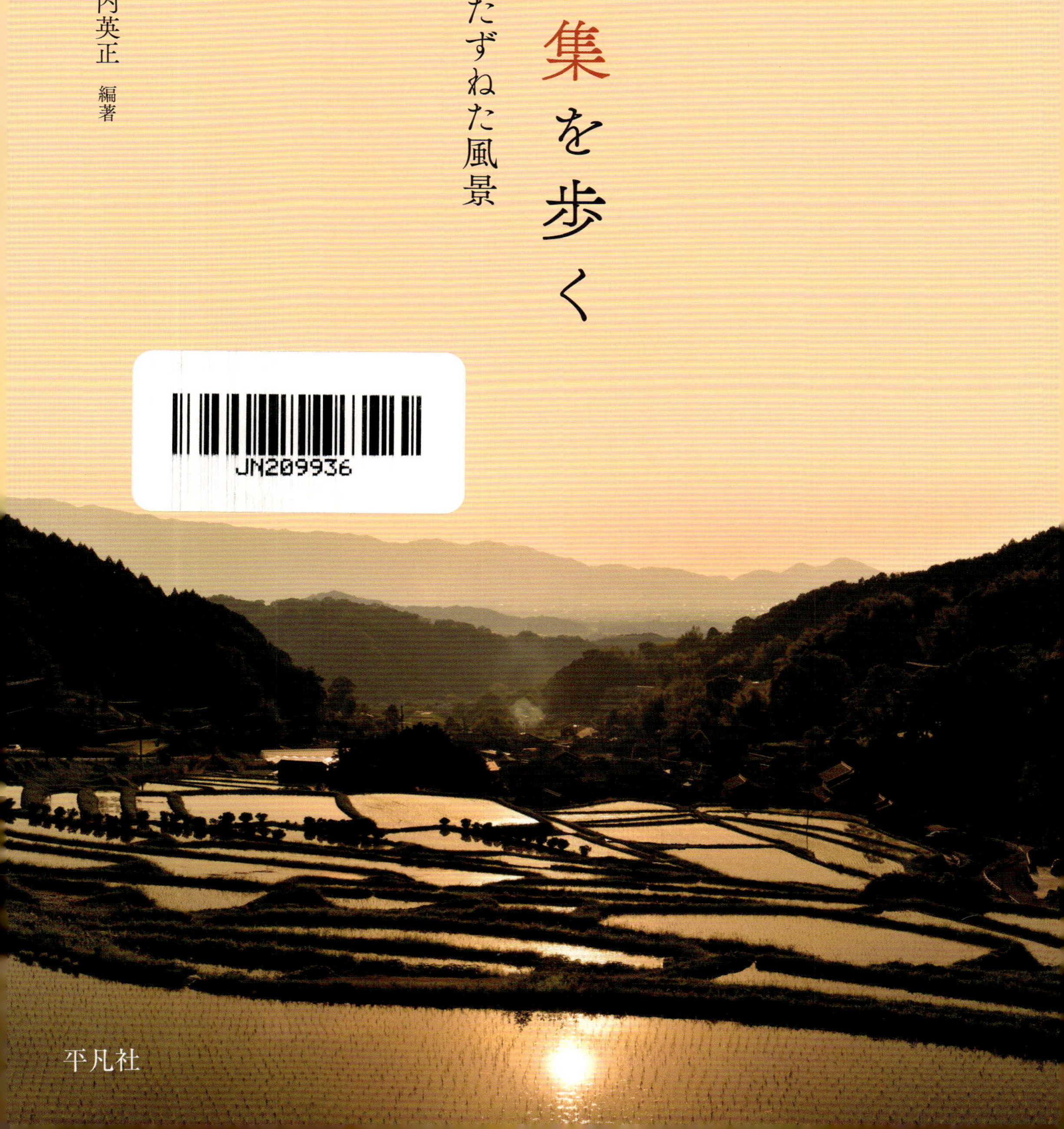

平凡社

【目次】

犬養孝について

文＝富田敏子

犬養孝は明治四十年生まれ、大阪大学の名誉教授だった。誰よりもわかりやすく、楽しい万葉集を多くの人に話した。「歌は音楽」と自己流の〝犬養節〟で万葉歌を朗唱。「万葉集は時代を千三百年の昔に戻し、歌の生まれたその土地に立って味わはなくてはわからない」と万葉故地を生涯歩いた。五年以上の調査で、昭和三十九年『万葉の旅』全三巻を発刊、三十六冊の取材ノートを残した。その中から五十景を取り上げた。「令和元年」の太宰府から万葉の日本へと旅立とう。

大好きな阿蘇山を背にする犬養孝。

中扉：明日香の棚田。写真提供／PIXTA

犬養孝が残した取材ノート。

・固有名詞で必要と思われるものなどには、ふりがなをつけた。
・引用の歌および文章は、歴史的かなづかいとした。
・口語訳、解説を除く漢字表記は、旧漢字のままとした。

梅花の宴

❖福岡県太宰府市

口語訳・解説＝富田敏子

序

天平二年正月十三日に、帥老の宅に萃まりて、宴会を申べたり。

時に、初春の令月にして、気淑く風和ぐ。梅は鏡前の粉を披き、蘭は珮後の香を薫らす。加以、曙の嶺に雲移り、松は羅を掛けて蓋を傾け、夕の岫に霧結び、鳥は縠に封ぢられて林に迷ふ。庭に新蝶舞ひ、空には故雁帰る。

ここに、天を蓋にし地を坐にし、膝を促け觴を飛ばす。言を一室の裏に忘れ、衿を煙霞の外に開く。淡然に自ら放し、快然に自ら足りぬ。

もし翰苑にあらずは、何を以てか情を攄べむ。請はくは落梅の篇を紀せ、古と今と夫れ何か異ならむ。園梅を賦して、聊かに短詠を成すべし。

［巻五－八一五～八四六］

【口語訳】

天平二年正月十三日、大宰帥・旅人卿の邸宅に集まり、宴会を開いた。ちょうど初春正月の佳い月で、風は快く穏やか。梅花は化粧鏡前の白粉のように白く、蘭は匂い袋のように香る。それだけではなく、夜明けの峰に雲がかかり、松は雲のうす衣と天蓋（貴人にさしかける柄の長い傘）をさしかけ、夕べの嶺には霧がかかり、鳥は霧に封じ込められ林をさ迷う。庭には春生まれた蝶が舞い、空には雁が南に帰る。

そこで天を蓋にし、地を座敷に、悠然とお互い膝を近づけ酒杯をくみ交わす。一同は言葉も忘れ、襟もゆったり外気に向けてくつろぐ。こだわらず気ままに振舞い、皆が快く満ち足りている。

もし文筆によらないなら、何をもって心中を述べることができるだろう。落梅の歌を詠んでほしい、（唐の）昔も今もその心は違わない。苑の梅の風情を思い、おのおの歌を作ってくれ。

太宰府天満宮の梅と太鼓橋。

宴が開かれた大伴旅人邸とされる坂本八幡宮。

「我が園に梅の花散る……」太宰府天満宮の歌碑。

「令和」の年、太宰府・梅花の宴を楽しむ——序と歌六首

天平二（七三〇）年、太宰帥（太宰府の長官）・大伴旅人邸（大伴家持の父）に、太宰府勤めの官僚や筑前守の山上憶良ほか九州の官人が集まり、正月の宴が開かれた。太宰府政庁西側にある現在の坂本八幡宮が旅人邸かとされるが、いまだに発掘調査で証明されてはいない。

「令和」の文字を含む巻五―八一五の序文は大伴旅人作（一説に山上憶良）。名筆で知られる中国・東晋の書家、王羲之の「蘭亭集序」や詩文集『文選』を暗唱していた万葉時代の教養人の作である。

「なんと佳いお正月、麗しい令月、風は和らぎ、梅が白粉のように白く、よい香りに満ち、大野山の夜明けの峰も夕方の霧もすばらしい……、言葉も忘れるほど楽しい酒宴であった」と。正月十三日は太陽暦の二月八日、梅の開花には少し早い気もする。梅は中国からの舶来、白梅であった。大宰府の官人たちは、いち早く庭に梅を植えた。

宴の主人・旅人は「……ひさかたの天より雪の流れ来るかも」と白梅の花びらが散るさまをよみ、伴百代は「城の山に雪は降りつつ」とうたう。梅は咲いたか、散ったのか、桜はまだかと、宴はたけなわとなる。

梅花の宴三十六首中六首の歌で宴を楽しもう。

大宰府政庁跡に立つ犬養孝。

正月立ち　春の来らば　かくしこそ
梅を招きつつ　楽しき終へめ
――大弐紀卿、男人［巻五―八一五］

【口語訳】
正月になり春が来たなら、
こうやって毎年梅を迎えて楽しく宴を終えましょう。

梅の花　今咲けるごと　散りすぎず
我が家の園に　ありこせぬかも
――少弐小野大夫［巻五―八一六］

【口語訳】
梅の花よ、今咲いているように散ってしまわずに、
わが家の園に残っておくれ。

春されば　まづ咲くやどの　梅の花
ひとり見つつや　春日暮らさむ
――筑前守山上大夫（山上憶良）［巻五―八一八］

【口語訳】
春になるとまず咲くわが家の梅の花を、
ひとり見ながら春の日を暮らすことか。

我が園に　梅の花散る　ひさかたの
天より雪の　流れ来るかも
――主人　大伴旅人［巻五―八二二］

【口語訳】
わが園に梅の花が散る、
ひさかたの天から雪が流れてくるのだろうか。

梅の花　散らくはいづく　しかすがに
この城の山に　雪は降りつつ
――大監伴氏百代［巻五―八二三］

【口語訳】
梅の花が散るとはどこのことですか、それどころか
この城の山（政庁後ろの大野山）には雪が降っていますよ。

梅の花　咲きて散りなば　桜花
継ぎて咲くべく　なりにてあらずや
――薬師張氏福子［巻五―八二九］

【口語訳】
梅の花が咲いて散ったらば、
桜の花が続いて咲くようになっているのではないかな。

第一章 大和

うるはし　まほろば

口語訳・解説＝富田敏子

わたくしは、四季おりおりの
変化のなかにあって、万葉びとたちが、
大和路の風土景観のなかにとどめた
心のひびきを掘りおこしてみたい。
それは忘れられた
心の世界をよみがえらすだけでなく、
もっとも古くて、
もっとも新しい生のいぶきを、
大和路各地の山川草木のなかに、
あとづけることになるにちがいない。
〝大和しうるはし〟の実感は、
末永くとどめたいものである。
（犬養孝『万葉十二ヵ月』）

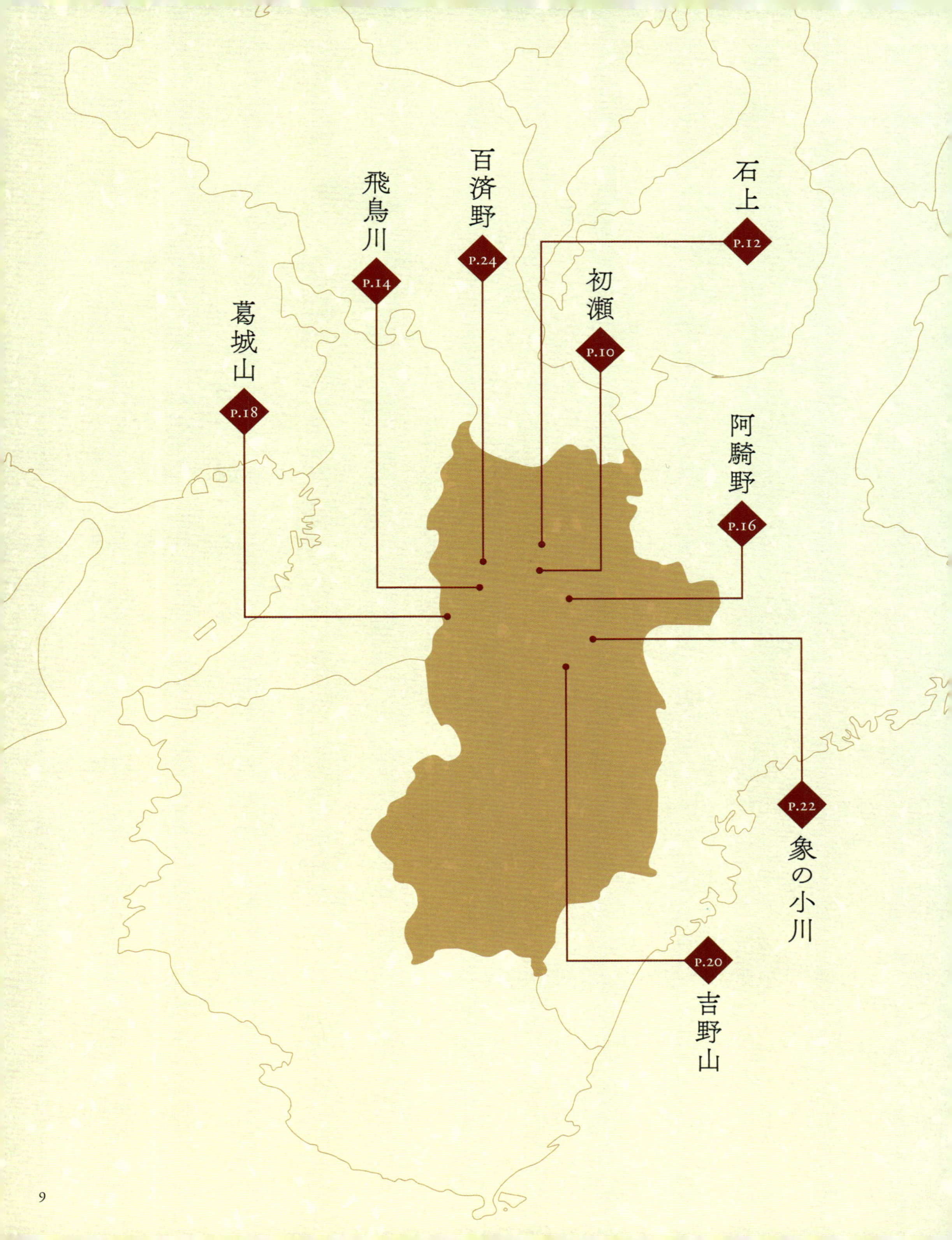
百済野
P.24
飛鳥川
P.14
石上
P.12
初瀬
P.10
葛城山
P.18
阿騎野
P.16
P.22
象の小川
P.20
吉野山

初瀬

❖奈良県桜井市

籠もよ　み籠持ち
掘串もよ　み掘串持ち
この岡に　菜採ます児
家聞かな　名告らさね
そらみつ　大和の国は
おしなべて　われこそ居れ
しきなべて　われこそませ
われこそは　告らめ
家をも名をも

――雄略天皇［巻一―一］

隠国（こもりく）の里、初瀬の谷。

【口語訳】

籠よ良い籠を持ち、竹へらよ良い竹へらを持ち、この岡で菜を摘んでいる娘さん、家（身分）を聞かせよ、名を告げよ、大和の国はおし平らげて私こそが統治する国、隅々まで私こそが治めている国、私こそは名告ろう、家も名も。

（「そらみつ」は大和の枕詞）

万葉集巻頭は第二十一代雄略天皇、大泊瀬稚武天皇の野道の娘への求婚歌ではじまる。天皇は初瀬宮から馬で散策に出ると、若菜を摘む美しい娘たちがいた。「どこの家（氏族）の娘か、名前は？」と尋ねるのが求婚のしきたりである。若菜を摘み食すことは生命力を身につける行事。天皇が丘から国土を見渡す「国見」は、生命力増幅の行事。これらが合わさり、演じられたものだろう。「われこそ居れ」が「私こそいらっしゃる」という第三者的な敬語表現なのは天皇に敬意を払ったのであろう。初瀬の谷は昭和三十七年七月二十四日、犬養が訪ねた景観と今もそう変わりはない。

「取材ノート」昭和37年7月20日

朝倉宮　37.7.20（晴）／9.45あさくら駅／慈恩寺―旧道のこる―格子／脇本／簗紫原橋　脇本のはずれ／黒崎―白山姫神社／天の森“わしかていたことないからしりまへんわ”／栗林　柿　上は畑　みかん／―標木　泊瀬―址伝承地／戦後ヒラク…／岩坂―塚マガ玉／狛ヶ岳

近鉄の朝倉駅から、東北に約一キロ、旧街道の家並をぬけ、初瀬川に沿いながらゆくと、大字黒崎（もと朝倉村の中）のはずれに出る。そこの小字天ノ森に雄略天皇の泊瀬朝倉宮址と伝えているところがある。もっとも近ごろは、土地の人も天ノ森の名を知るものはすくなく、うっかりたずねれば「わしかていたことないのでしりまへん」と答えられるばかりである。

（『改訂新版 万葉の旅・上』）

石上（いそのかみ）

❖奈良県天理市

石上（いそのかみ）　布留（ふる）の神杉（かむすぎ）　神（かむ）さびし
恋をもわれは　更（さら）にするかも

——柿本人麻呂歌集［巻十一—二四一七］

【口語訳】
石上布留の（古い）神杉のように
神さびた（年老いた）恋を
私はまだするのだろうか。

石上神宮は朝廷の武器庫で、物部（もののべ）氏がまつる社であった。本殿前の地下から剣など多数発掘され、布都（ふつ）の御魂（みたま）の霊剣を祭神とする。杉の大木の参道の奥に丹塗りの本殿がある。作者は、こんなに古い布留の神杉のように神さびた（年がいもなく）恋をまだするのか、とため息。社の庭には尾長のニワトリが群れ遊び、長大な歌碑が建っている。

昼なおうっそうとした参道を圧する御神木の杉。

石上神宮の本殿回廊。

「をとめらが袖振る山の……」の歌碑。

老杉はもう数えるほどしかないが、それでもはき浄められた、木洩れ日の神域は、簡素に、神厳に、神さびた趣きである。霊剣布都の御魂をまつるのにふさわしい。

（『改訂新版 万葉の旅・上』）

「取材ノート」昭和37年9月30日

石上　37.9.30　快晴　天理駅　大阪行　27分―57分　櫟本ヘハ　12、12.15、12.30、12.45ノゴトク　15分オキ／摂社　出雲建雄神社　式内社（略）〈地図内　養徳橋　わらくばし　布留大橋　布留川　二本松　翠橋　水キレイ……〉

飛鳥川

❖奈良県明日香村

明日香川　瀬々に玉藻は　生ひたれど
しがらみあれば　靡きあはなくに

——作者未詳［巻七—一三八〇］

【口語訳】

明日香川の瀬ごとに美しい藻は生えているけれど、しがらみがあるのでなびきあえない。

（そのようにわたしの恋はままならない）


紅葉の飛鳥川。

犬養孝、飛鳥のレンゲ畑で。

現在は飛鳥川と書く。犬養と一緒に飛鳥川を初めて訪ねたら、フーンという気分だった。昭和時代、大和の川はゴミ捨て場であったが、いまは飛鳥川もドブ川ではなくなった。恋路の邪魔をする「しがらみ」は、杭を打ち、竹や木で作ったゴミをせきとめる仕掛け。玉藻はきれいな川で育つ。「玉」「み」など美称の接頭語は、万葉人の歌の特徴。

飛鳥川といえば、淵瀬常ならぬ川としてあまりにもきこえ、誰でもあこがれをいだく。さてきてみれば、どこにでもある田舎の里川、大字飛鳥から下流は近ごろドブ川にさえ化してがっかりしてしまう。ところがそれでよいので、名所でもなんでもない、この川筋を中心に定住した万葉人たちが、朝夕見なれた親しい里川に、抒情の場をもとめたにすぎない。

（『改訂新版 万葉の旅・上』）

「取材ノート」昭和44年9月27日

野菊のかをり　アスカ川の畔　柿の実　竹林の下にヒガン花　宇須多岐比賣社　すすき　虫の音……　ナデシコ　ツユクサ／栢ノ森（11:00）　入口　橋　柿／峠へ　つりぶね草（エンジ色）　キツネノマゴ　ゲンノショウコ（赤）

阿騎野(あきの)

❖奈良県宇陀市

東(ひむがし)の　野にかぎろひの　立つ見えて
かへり見すれば　月傾(かたぶ)きぬ

——柿本人麻呂［巻一—四八］

【口語訳】
東の野にかぎろひ（夜明け前の黎明）の立つのが見えて、振り返って見れば月が西の空に傾いている。

長歌と反歌四首の三首目。壬申の乱（六七二年）後、天武天皇が崩御、鸕野(うの)皇后（持統天皇）が即位した。ひとり子の草壁皇子が若くして亡くなり、孫の軽(かるの)皇子(みこ)に皇位を継がせたいと、皇子が十歳のころ、飛鳥から伝説の英

阿騎野の夜明け。中央は高見山。

雄・雄略天皇の宮があった初瀬谷を通り、宇陀の阿騎野へ狩りに出た。雪降る阿騎野で一夜を過ごし、夜明け前、東の空が曙色の黎明にそまった。振り返ると西の空では満月がしずむ。宇陀市大宇陀町では「かぎろひを観る会」が早朝に開かれている。

宇陀市大宇陀迫間、かぎろひの丘。

この歌は、山野の草枕での回想に夜を徹してしまった荒涼と寒気と悽愴の黎明の感慨として理解されなければならない。

（『改訂新版 万葉の旅・上』）

「取材ノート」昭和41年1月23日

壁画　阿騎野の朝　中山正実（まさみ）作　撰題　佐佐木信綱　風俗考証　岡保之助　史実考証　中山正実／軽皇子10才　孝心　旧主ヲシタヒマツル群臣の純忠至誠　史実ヲ左記ノゴトク考証ス／一、阿騎野の御猟の宿営地点は橿原神宮より東へ約五里の行程、即ち宇陀郡松山町在、阿紀神社付近である。軽皇子は現阿紀神社境内で宿り給うたと推断する（現地調査と、皇太神宮史、日本書紀その他の文献考査に據る）／二、人麻呂が作歌の実感をえたる地点即ち壁画中に馬上の人麻呂を描いた地点は阿紀神社前面の小丘上である。東経百三十五度五十五分四十六秒六　北緯三十四度二十六分三十秒三／三、壁画の背景は秋山城址の南麓（左方）より高見山（右方）に至る宇陀高原／四、阿騎野の御猟は持統天皇六年即ち皇紀千三百五十二年、西暦六百九十二年である。（後略）／五、壁画に描かれた時（人麻呂作歌の時）は持統六年陰暦十一月十七日（太陽暦十二月三十一日）午前五時五十五分前後である。（後略）／六、風俗考証　馬の大きさ骨格等の考証は東京帝室博物館学芸委員岡保之助氏の指導援助による。その他考証に関する一切の記録は小著「壁画阿騎野の朝」に詳述

葛城山（かつらぎさん）

奈良県御所市

春楊（はるやなぎ）　葛城山（かづらきやま）に　立つ雲の
立ちても居（ゐ）ても　妹（いも）をしそ思ふ

――柿本人麻呂歌集［巻十一―二四五三］

【口語訳】

葛城山に立つ雲のように、立っても座ってもいつもあの娘（こ）のことばかりが思われてならない。

（「春楊（柳）」は葛城山の枕詞）

人麻呂歌集は民謡風の歌からなる。もくもく葛城山に立ちのぼる白雲。その雲のようにあの娘への思いは、居ても立ってもいられない……。大和盆地から常に望める山だけに、この歌を愛する人が多い。ひらがなが生まれていない人麻呂の時代は、助詞・動詞など書かず「略体歌」で表現した。すべて漢字の原文（白文）で、「この歌は最も短い歌」と犬養に教わった。「春楊　葛山　発雲　立座　妹念」のたった十文字。

3月～4月に開花する柳の花。

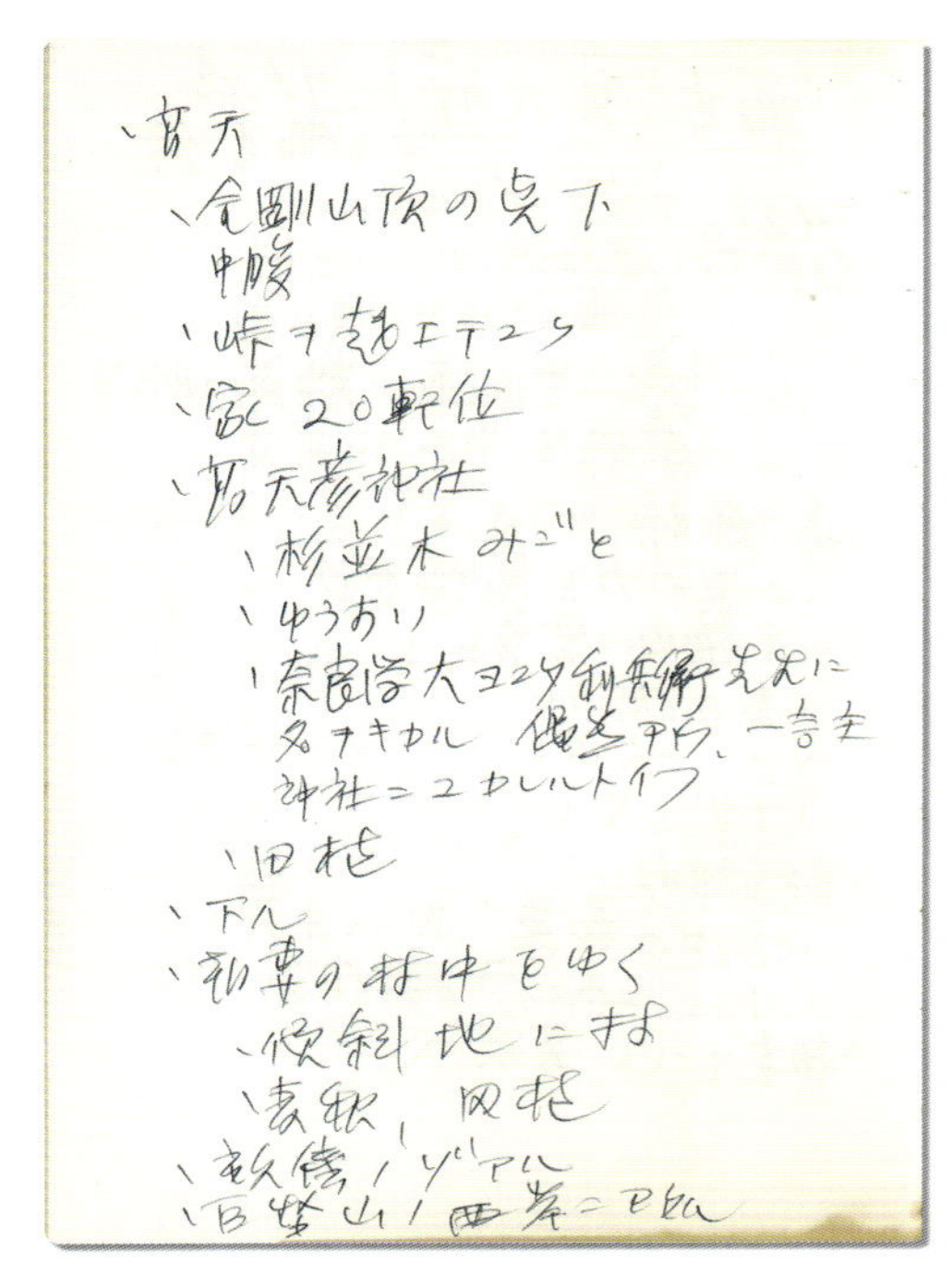

、高天
、金剛山頂の真下
中腹
、峠ヲ越エテユク
、家20軒位
、高天彦神社
、杉並木みごと
、ゆうすい
、奈良学大ヨコタ利兵衛先生に名ヲキカル　偶然アウ、一言主神社ニユカレルトイフ
、田植
、下ル
、朝妻の村中をゆく

「取材ノート」昭和41年6月12日
高天／金剛山頂の真下　中腹　峠ヲ越エテユク　家20軒位／高天彦神社　杉並木みごと　ゆうすい　奈良学大ヨコタ利兵衛先生に名ヲキカル　偶然アウ　一言主神社ニユカレルトイフ／田植／下ル／朝妻の村中をゆく……

雲立ちのぼる葛城の山。

吉野山（よしのやま）

奈良県吉野町

み吉野の　耳我（みみが）の嶺（みね）に
時無くそ　雪は降りける
間（ま）無くそ　雨は降りける
その雪の　時無きが如（ごと）
その雨の　間なきが如
隈（くま）もおちず
思ひつづぞ来（こ）し　その山道を

——天武天皇［巻一―二五］

【口語訳】
吉野の耳我の嶺に絶え間なく雪は降っている、
休みなく雨は降っている、その雪が絶え間ないように、
その雨が休みもないように、
道の曲がり角ごとに思いながら来たよ、その山道を。
（「み」は美称を表す接頭語）

紅葉の吉野山。

元は恋の歌(巻一―二六)。皇太弟・大海人皇子、のちの天武天皇は、宇治川まで近江大津宮の重臣に見送られ、飛鳥の島宮（石舞台古墳付近）に一泊。翌朝、吉野離宮に入った。飛鳥川上流の芋峠を越えたか、他の道だったのか。吉野を進発するまで隠忍自重の八ヵ月。翌年（六七二年）六月、兵をおこした（壬申の乱）。「在位中のある時、当時の苦悩を回想したもの」と、犬養は書いている。

天智一〇年一〇月一七日、病床の兄、天智天皇から譲位の話のあったのを固辞して、にわかに僧となって一九日に近江大津宮を出発し二〇日には吉野に入った。この歌は、そのおり飛鳥の地方から山越して吉野におもむく途中、耳我の嶺に絶え間なく雪降り雨降る実景の中で、来し方行く末の思いが絶え間なく身を苦しめた日のつづらおりの山道を、後の日に回想したものではなかろうか。

（『改訂新版 万葉の旅・上』）

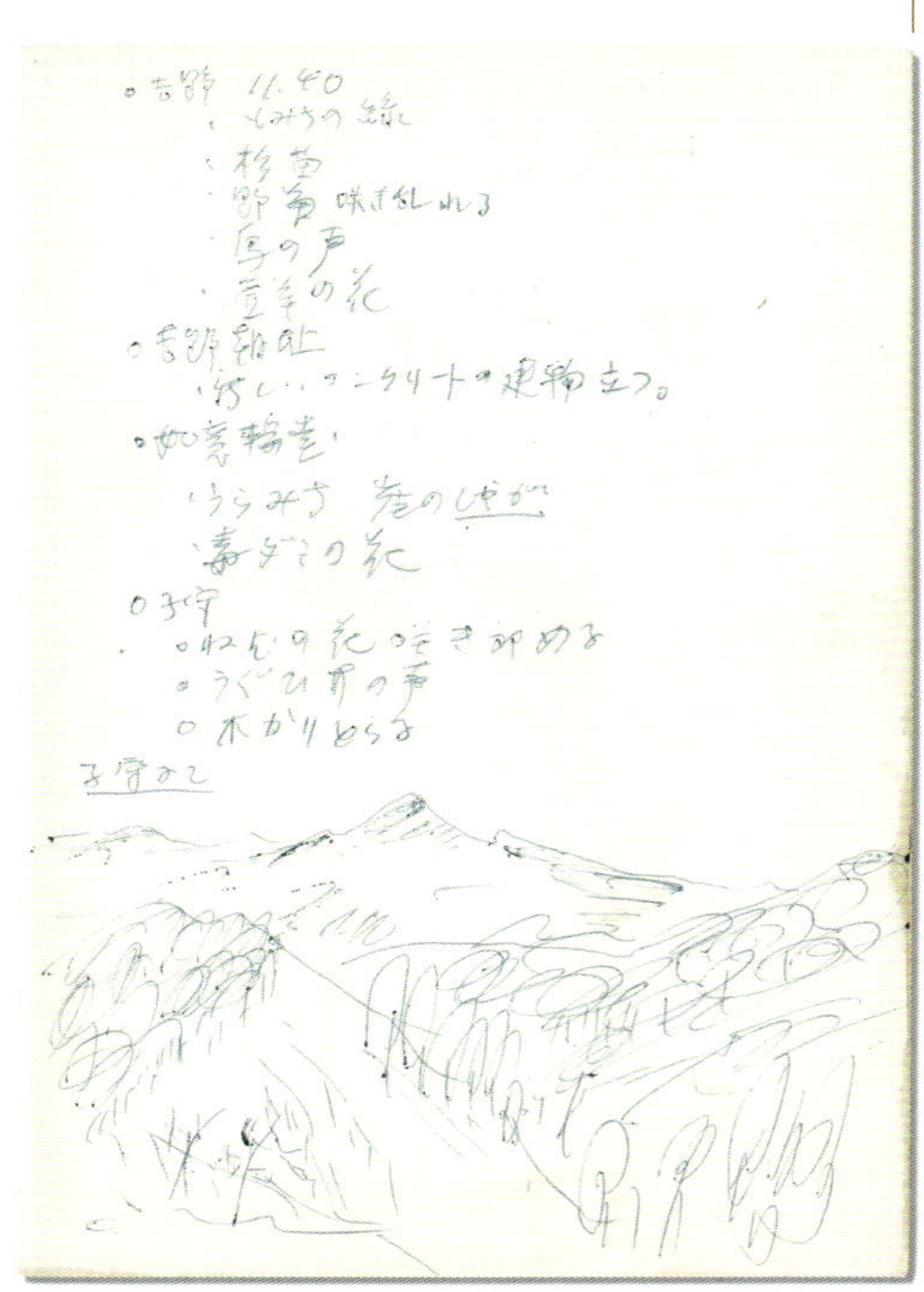

「取材ノート」昭和36年7月2日

吉野11.40・もみちの緑、杉苗・野菊咲き乱れる・鳥の声／吉野朝址　新しいコンクリートの建物立つ　如意輪堂　うらみち　崖のしゃが　毒ダミの花　子守　ねむの花咲き始める　うぐひすの声　木かりとらる　子守にて

象の小川

❖奈良県吉野町

昔見し　象の小川を　今見れば
いよよ清けく　なりにけるかも

——大伴旅人〔巻三―三一六〕

【口語訳】
昔見た象の小川を今見ると、
いよいよすがすがしく
なってきたことだな。

吉野山を源に喜佐谷を勢いよく下る高滝。

太宰府梅花の宴で、元号「令和」の元になる漢文序（書簡）をかいた大伴旅人の歌。「暮春之月」の題詞があり、『続日本紀』によれば聖武天皇の初年、神亀元（七二四）年三月作と推定される。三年後、大宰帥（太宰府の長官）に赴任、着任後すぐに妻を亡くした。太宰府で「我が命も　常にあらぬか　昔みし　象の小川を　行きて見むため」（巻三―三三二）、命があれば象の小川を見たいと回想。帰郷の翌年、平城京佐保の家で亡くなった。

旅人の象の小川。吉野離宮から近い喜佐谷集落辺り。

せんかんとした川音をききながら、喜佐谷の村はずれの合流点までくると、そこから吉野山に通ずる山道となる。行くほどに杉の密林となって小鳥の声と川音にかこまれたようにもたのしい登り道だ。吉野山まで二度象の小川の源流を渡るが、ここまでくると茂みの中から小滝をなして落下し、すみとおり、岩床を流れして、またげるほどになる。いまもまた「いよよさやけく」幽林にひびきかえっているのだ。

（『改訂新版 万葉の旅・上』）

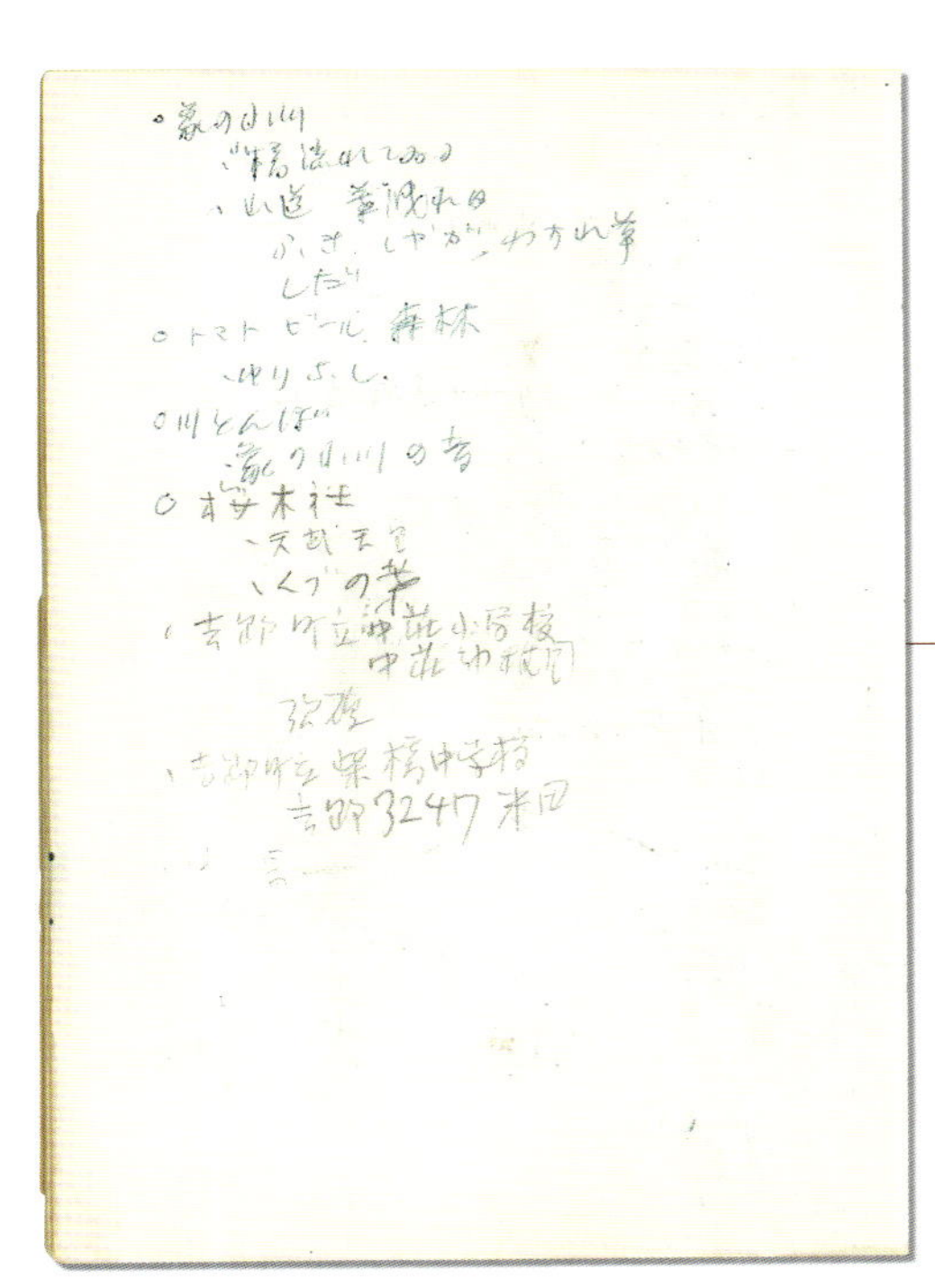

「取材ノート」昭和36年月日不詳

象の小川　小橋流れてゐる　山道　葉漏れ日　ふき　しゃが　わすれ草　しだ／　トマト　ビール　森林／ゆりなし／川とんぼ　象の小川の音　桜木社　天武天皇　くづの葉／吉野町立中荘小学校　中荘幼稚園歌碑／吉野町立柴橋中学校　吉野3247米田

百済野（くだらの）

❖奈良県広陵町

百済野（くだらの）の　萩の古枝（ふるえ）に　春待つと
居（を）りし鶯（うぐひす）　鳴きにけむかも

——山部赤人［巻八—一四三一］

【口語訳】
百済野の萩の枯れ枝に、春を待って止まっていたうぐいすはもう鳴き始めただろうか。

百済寺に唯一残る
三重塔は
鎌倉時代に
再建されたもの。

百済寺、犬養揮毫の万葉歌碑。

百済寺は橿原市吉備、吉備池の南東部から遺跡が発掘され、そこが百済寺の定説となっている。やはり百済野は、北葛城郡広陵町の百済寺付近の田野が似つかわしい。鎌倉期の百済寺三重塔と春日若宮神社の境内に古い池がある。そのほとり、犬養揮毫のこの歌碑は、秋は萩の花、春は古株の枝をほそぼそと伸ばしている。雄大な富士山の歌をよんだ山部赤人も、しっとりとした春をうたう。

こんにち、百済の村里は曾我川（百済川）に寄った方にあって、ここの小字二条には百済寺の址がある。百済寺は聖徳太子のころの熊凝精舎（大和郡山市額田部額安寺のところ）を舒明朝に移してここに大寺と大宮を作り、のち天武朝には高市郡に移して大官大寺となり、平城遷都とともに奈良の大安寺となった寺である。いま村なかの春日の小社の森に鎌倉期の三重塔一基が観光の塵をまぬかれてひっそりと址をとどめている。

（『改訂新版 万葉の旅・上』）

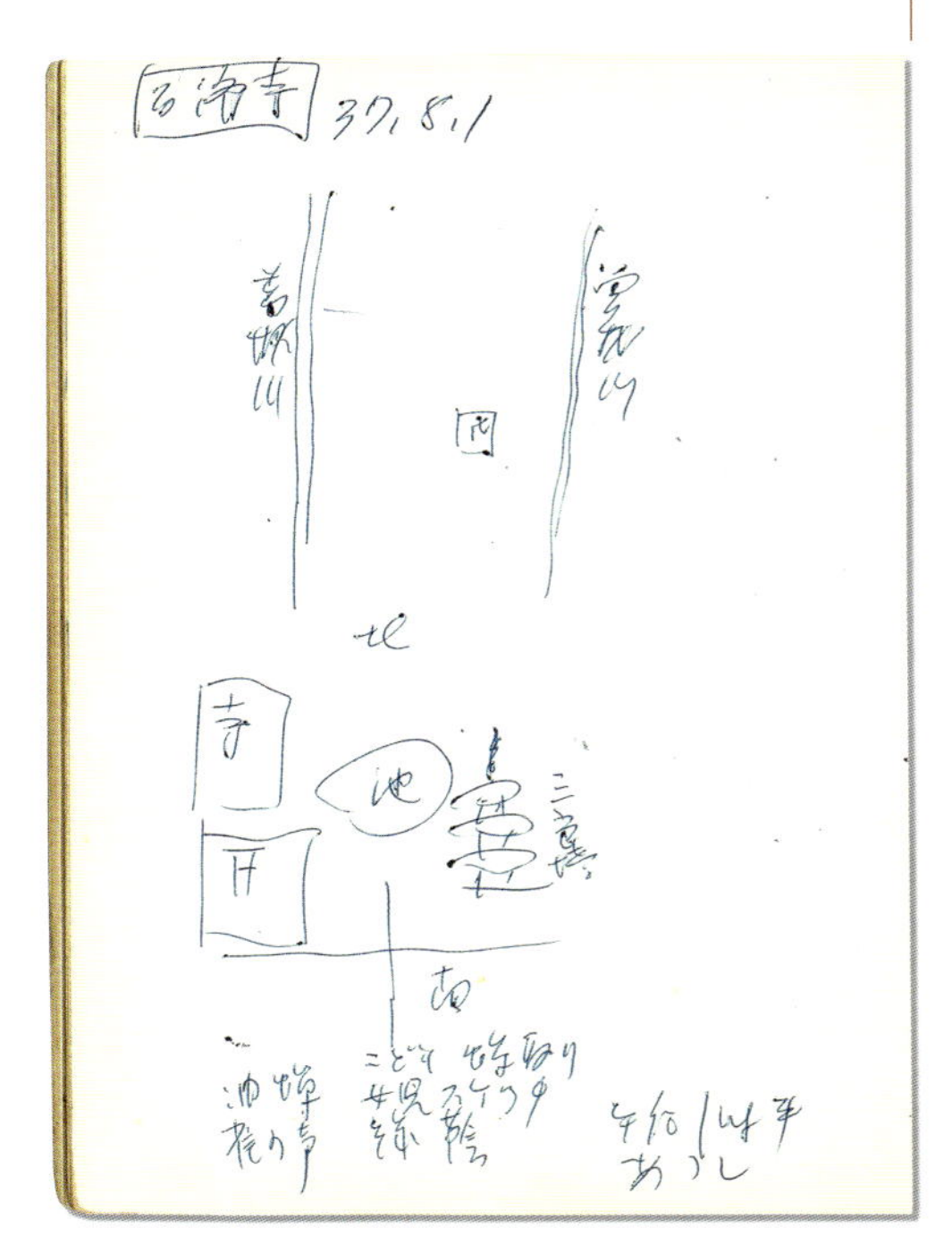

「取材ノート」昭和37年8月1日

百済寺　37.8.1　〈地図中　曾我川　葛城川／寺　池　三重塔〉油蟬　こども　蟬取り　女児スケッチ　雀の声　緑蔭　午后1時半　あつし

第二章 近畿

海の白波へのあこがれ

口語訳・解説＝山内英正

近江に天智天皇の大津宮がおかれたから、
大津京関係、人麻呂や
高市黒人らの歌に賑わった。山城（京都府）は、
聖武朝に一時、恭仁京がおかれた。
大阪府は難波の宮があり、
交通路上としても度々の往還があった。
三重県は、神風の伊勢の宮への参詣はあり、
志摩の海にかけて持統朝の行幸があり、
また、海のない大和びとにとっては、
海の白波さえ、憧憬のまとであった。
これは紀伊（和歌山県）も同様であって、
黒潮の南海汐路に沿うて、海にあこがれた
南海交響楽を聞く思いがする。

（犬養孝『万葉　花・風土・心』）

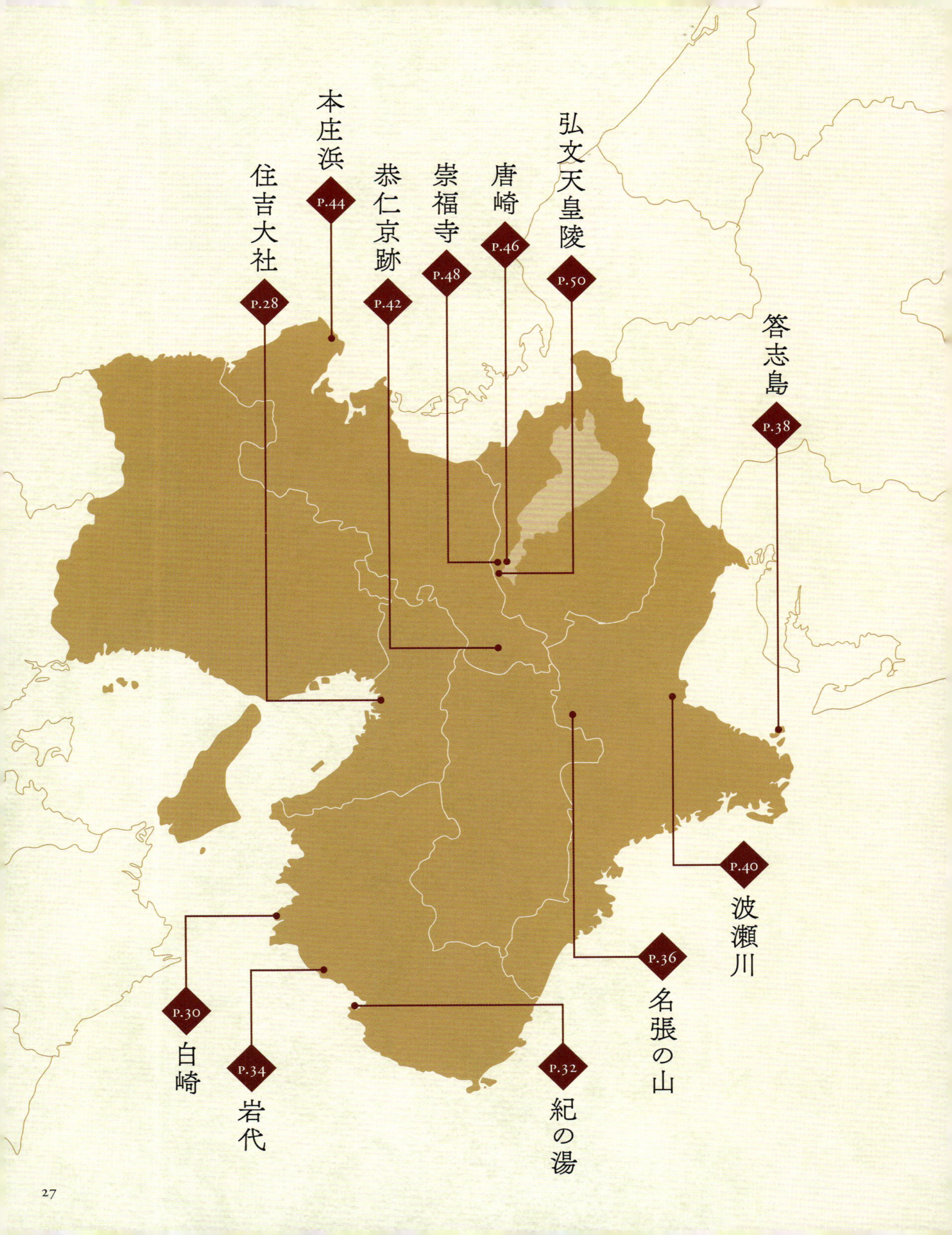

本庄浜
P.44
住吉大社
P.28
恭仁京跡
P.42
崇福寺
P.48
唐崎
P.46
弘文天皇陵
P.50
答志島
P.38
P.40
波瀬川
P.36
名張の山
P.30
白崎
P.34
岩代
P.32
紀の湯

住吉大社

❖大阪府大阪市

そらみつ　大和の国　あをによし
奈良の都ゆ　おし照る　難波に下り
住吉の　三津に船乗り　直渡り
日の入る国に　遣はさる
我が背の君を　懸けまくの
ゆゆし恐き　住吉の　我が大御神
船の舳に　領き坐し　船艫に
み立たしまして　さし寄らむ
磯の崎々　漕ぎ泊てむ
泊まり泊まりに　荒き風
波にあはせず　平けく
率て帰りませ　本の朝廷に

——作者未詳［巻十九—四二四五］

住吉大社の反（そり）橋。

【口語訳】 大和の国の奈良の都から難波に下って、住吉の御津で船に乗り、まっすぐに海を渡って日が沈む国、唐国に派遣される私の夫よ、その夫を、口にするのも畏れ多い住吉の私たちの大御神よ、船の舳先に鎮座され、船の艫にお立ちになって、巡り寄るどの磯の崎でも、船泊まりするどの港でも、荒い風や波に遭わせないよう、どうか無事に、導いて帰ってください。もとのこの大和の国に。
（「そらみつ」は大和の、「あをによし」は奈良の、「おし照る」は難波の枕詞）

住吉大社（通称、すみよっさん）は全国の住吉神社の総本社で、摂津国一之宮。航海の神として古来尊崇され、遣隋使や遣唐使はここで祈願し、船に住吉神を分祀した。神社は上町台地に鎮座し、眼下に海と砂州が広がっていた。細江川（通称、細井川）河口に住吉の津があったと推定されている。反橋（太鼓橋）が架かる境内の池は、かつてのラグーン（潟湖）の名残という。犬養はすぐ近くの粉浜の棟割長屋に二十五年余住まいし、毎年初詣をした。下町の雰囲気が好きだった。

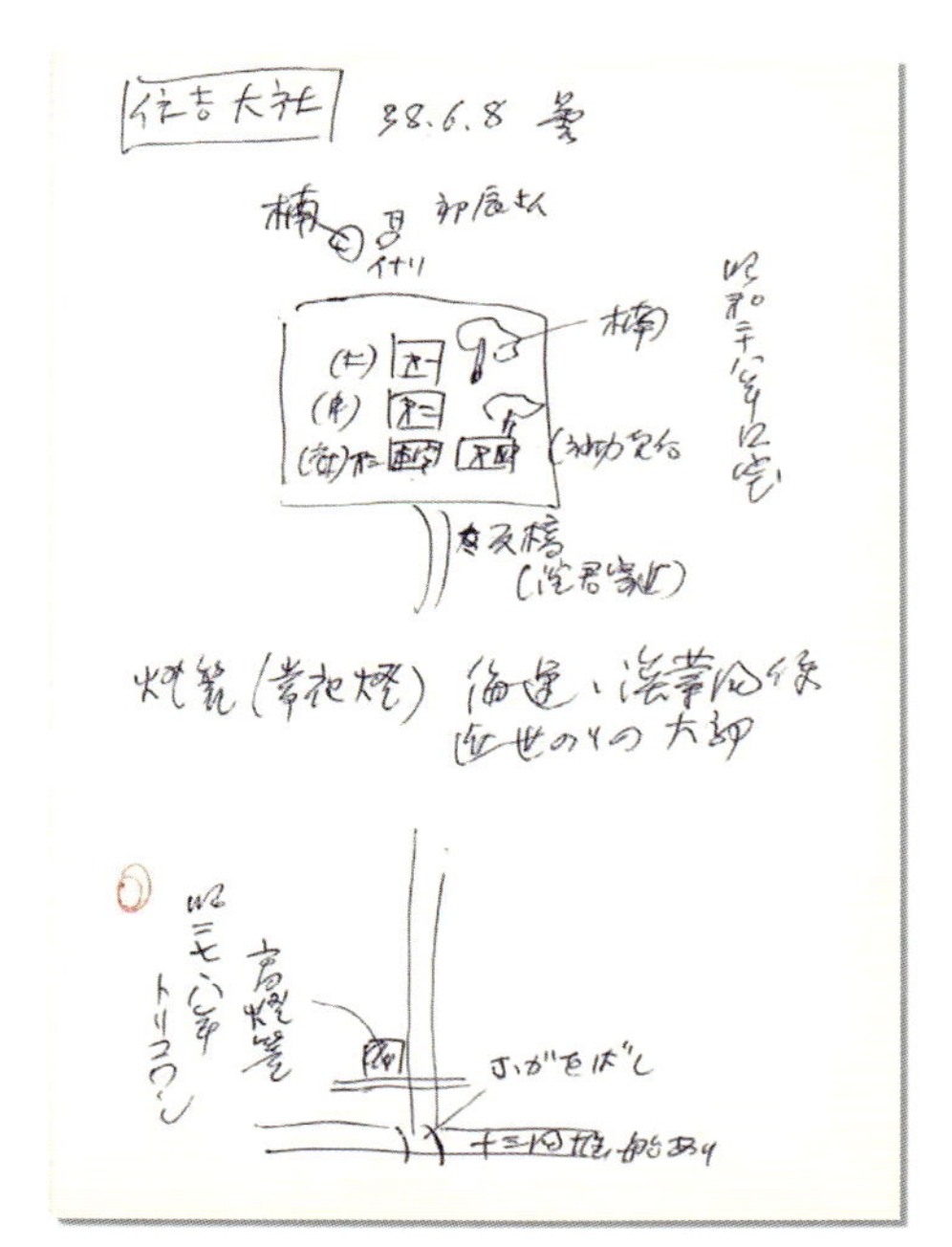

「取材ノート」昭和38年6月8日
住吉大社　38.6.8　曇／〈地図中　楠　イナリ　初辰さん　第一（上）第二（中）第三本宮（底）第四（神功皇后）反橋（淀君寄進）〉／燈籠（常夜燈）海運・漁業関係　近世のもの大部／高燈籠　昭二七、八年トリコワシ　ながをばし　十三間堀　船あり

国宝指定の住吉大社本殿より第二本宮（中筒之男）。

白崎（しらさき）

❖和歌山県由良町

白崎（しらさき）は　幸（さき）くあり待て　大船（おほぶね）に
ま楫（かぢ）しじ貫（ぬ）き　またかへり見む

——作者未詳［巻九—一六六八］

【口語訳】

白崎よ、今のまま無事で待っていておくれ。大船の左右に櫂（かい）をたくさん貫き漕いで、また帰りにお前を見よう。

石灰岩の岬がまぶしい白崎の海。

大宝元（七〇一）年九月十八日から十月十九日の間、持統上皇と孫の文武天皇は、紀の温に行幸する。一行は巨大な石灰岩の白亜の岬を目にして驚嘆した。時移り明治三十年代からはセメント原料として掘削が進み、戦後犬養が訪れるたびごとに無残な姿に変貌し続け、「白崎は　幸くあり待て」は悲痛な叫びとなった。昭和四十六年十月二十日、会社役員と大学での教え子の社員が犬養宅を訪れ、操業の中止を伝えた。こんにちでは、白崎海岸には由良町の町花のスイセンが繁茂する。

由良町のスイセンから海を望む。

付近の緑の山とはひとくぎりをなしたまっ白な石灰岩の岬で、数十年来、セメント原料の採取が行なわれ、岬の形もむかしの半分ほどになっているらしい。岬のすぐ前の海でも四〇メートル余の水深で、紺碧の海につき出た白堊の岩の岬の景観は、まったく神秘荘厳の感さえある。こんにちも機帆船のたぐいは岬とその西方海鹿島の岩礁との間を航路としているから、むかしの海路もこのあいだを通ったものであろう。

（『改訂新版 万葉の旅・中』）

「取材ノート」昭和35年8月18日　白崎、純白

紀（き）の湯（ゆ）

❖和歌山県白浜町

山越えて
海渡るとも
おもしろき
今城（いまき）のうちは
忘らゆましじ

——斉明天皇［斉明紀］

【口語訳】山を越えて海を渡って旅をしようとも、建王（たけるのみこ）と楽しく過ごした今城の宮の内の生活は、とうてい忘れることはできないでしょう。

斉明天皇の四（六五八）年五月、中大兄皇子（なかのおおえのみこ）の子の建王が八歳で亡くなった。祖母の斉明天皇は、生まれながらに

斉明天皇も入った海際の牟婁（むろ）の湯（崎の湯）。

口が不自由であった孫をことのほか可愛がった。天皇は心を癒すため、この年の十月に中大兄皇子と共に紀の湯へ行幸した。『日本書紀』には、旅の途中で天皇が詠んだとする短歌二首と片歌一首を収録しているが、これらは御製歌ではない。別れがたく思う男女の歌謡を、『日本書紀』の編者が巧みに挿入して天皇の思いとした。創作性豊かな物語の事例として、犬養は古代のオペラのようだと話した。

観光白浜の雑とうをよそにして岩風呂にひたれば、蒼海はるかに日ノ岬を望み、岩代・南部（みなべ）と指呼の間となって、屏風のようにつづく岬々に、歴史の悲喜はたたまれている感がする。
（『改訂新版 万葉の旅・中』）

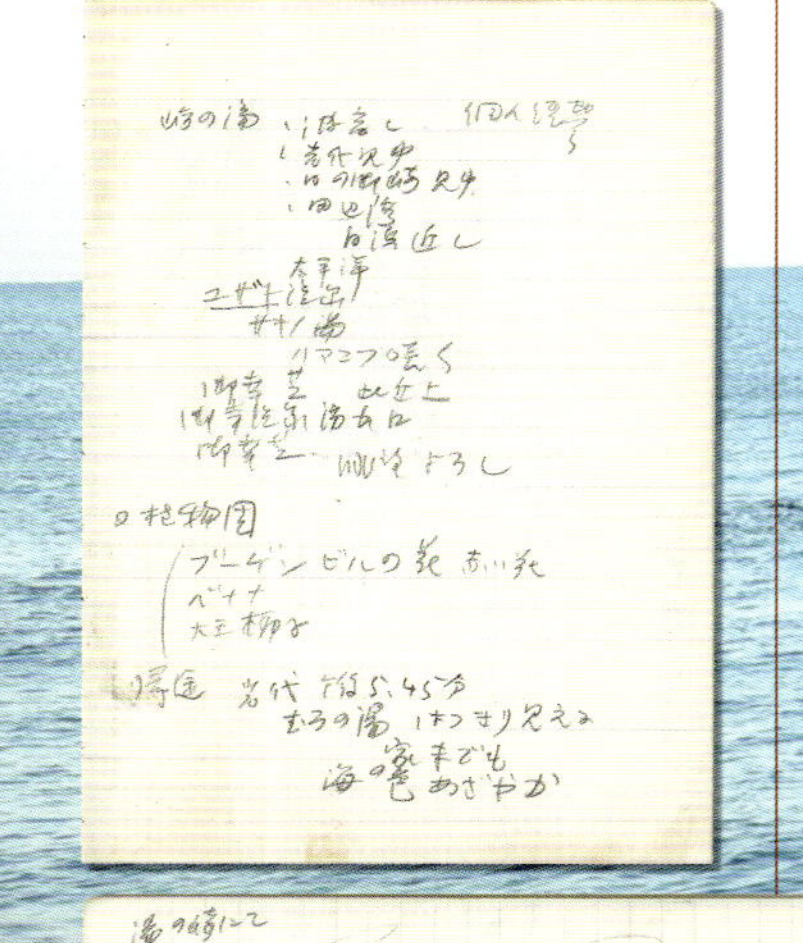

「取材ノート」昭和35年8月19日
崎の湯　波高し　個人経営　岩代見ゆ　日の御崎見ゆ　田辺湾　白浜近し　太平洋／ユザキ温泉　サキノ湯　ハマユフ咲く　御幸芝　此丘上　御幸温泉湯出口　御幸芝　眺望よろし／植物園　ブーゲンビルの花　赤い花　バナナ　大王椰子／帰途　岩代午後5.45分　むろの湯　はっきり見える　家までも　海の色あざやか

岩代（いわしろ）

❖和歌山県みなべ町

磐代の　浜松が枝を　引き結び
ま幸くあらば　またかへり見む

家にあれば　笥に盛る飯を　草枕
旅にしあれば　椎の葉に盛る

——有間皇子［巻二—一四一・一四二］

海食崖がみごとな
海岸段丘をつくる岩代の浜。

【口語訳】
岩代の浜松の枝と枝を引き結んで、我が命が無事であったならまた帰りに見よう。
家にいたら食器に盛る飯を、今は旅に出ているので椎の葉に盛る。
（「草枕」は旅の枕詞）

孝徳天皇の子の有間皇子は、斉明天皇の紀の湯行幸中に、蘇我赤兄の口車に乗って政治批判に同調し、挙兵を決意した。しかしその日の夜に捕縛されて紀の湯に護送となった。日高郡岩代は田辺湾をはさんで紀の湯を望むことができ、西牟婁郡との境に位置する。皇子は松の小枝を結んで呪力とし、我が身の無事を祈った。そして食器に盛る飯と椎の葉に盛る飯を対比させている。皇子自身の食事の有様説と、皇子が神に捧げる神饌説とがある。犬養は後者の説に賛同している。

岩代の万葉歌碑。

ひとたび岩代に出れば、海岸段丘はいよいよみごとな海蝕崖をなして、後方に熊野の山々がかさなり、前に浦々崎々の磯波も白く、紀の湯に近い白浜瀬戸崎も望まれ、黒潮の大洋に直面した男性的躍動的な景観となって、当時、旅の人に熊野に入る思い新たな印象をあたえないではおかない。松のそよぎ、波の穂につけ、異郷にある身の生のひきしまりをおぼえるところへ、土地の名も古代の岩石信仰に通じる〝岩代〟であってみれば、岩代の地霊への畏敬の思いもひとしおである。
（『改訂新版 万葉の旅・中』）

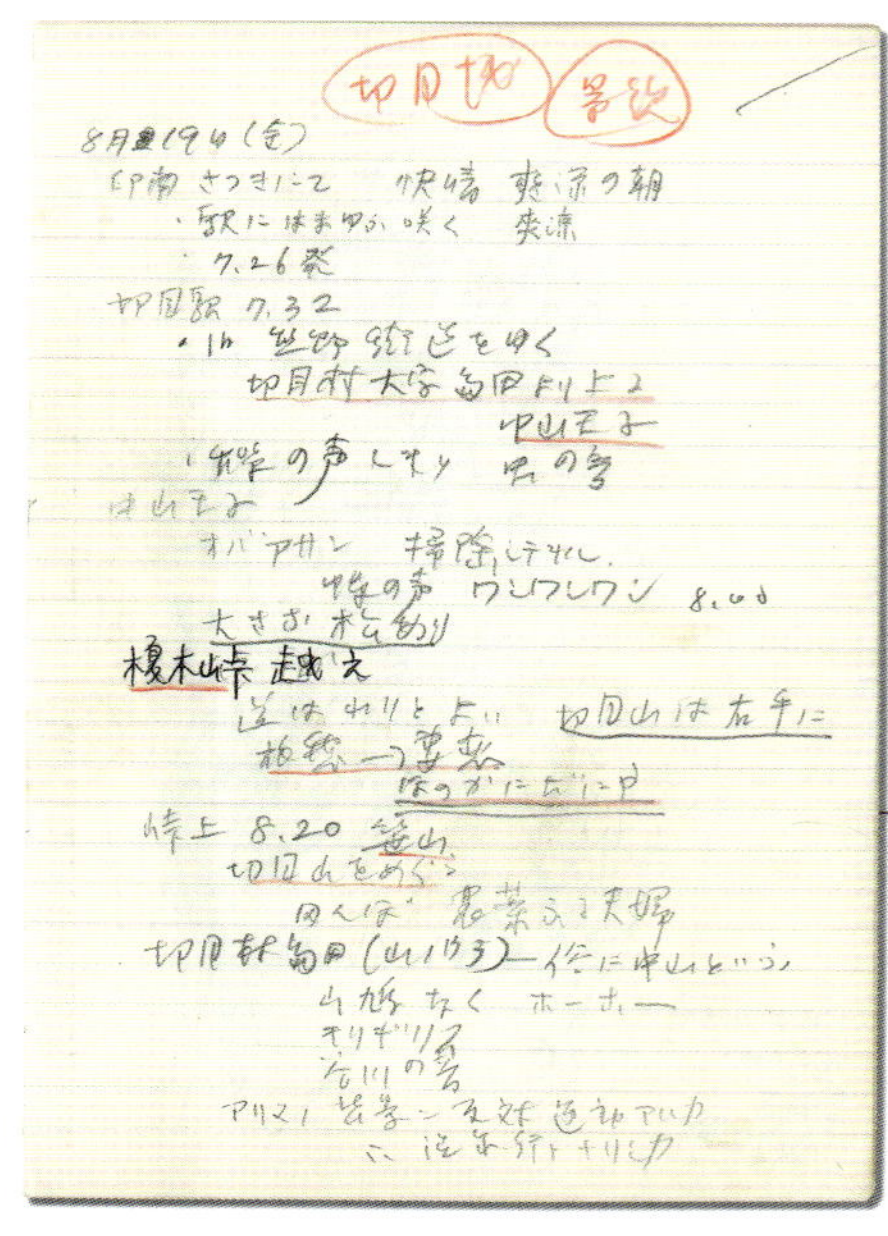

「取材ノート」昭和35年8月19日
切目越　景観／印南　さつきにて　快晴　爽涼の朝　駅にはまゆふ咲く　7.26発／切目駅7.32　旧熊野街道をゆく　切目村大字島田より上る　中山王子／蟬の声しきり……／オバアサン　掃除シテヰル／蟬の声　ワシワシワシ　8.00／大きな松あり／榎木峠越え　道はわりとよい　切目山は右手に／旅愁→妻恋／ほのかにだにか／峠上8.20　笹山／切目山をめぐる／田んぼ　農薬ふる夫婦　切目村島田（山ノウラ）一俗に中山といふ……アリマノ背景ニ反対運動アルカ／∴温泉行トナリシカ

名張(なばり)の山(やま)

❖三重県名張市

我が背子(せこ)は　いづく行くらむ
奥(おき)つ藻(も)の
隠(なばり)の山を
今日(けふ)か越ゆらむ

――当麻麻呂の妻［巻一―四三］

【口語訳】

我が夫は、今ごろどのあたりを旅しているのだろうか。沖の藻が隠る(なば)という名張(なばり)の山を、今日あたり越えているのだろう。（「奥つ藻の」は隠の枕詞）

持統天皇の六（六九二）年三月、天皇は農繁期にもかかわらず伊勢・志摩に行幸した。一行がこの時、阿児行宮(あごのかりみや)まで行ったことは確かであるが、通った道筋は確定できない。飛鳥から初瀬(はつせ)の谷を通り、名張へと足を進めたのかもしれない。「名墾(なばり)の横河」、現在の名張川は畿内の東限で、旅人は異郷の地へ入るという思いを新たにした。この歌は行幸時の妻の歌とされているが、同じ歌が巻四―五一一にも重出する。それは旅先の夫を思う恋の歌（相聞）として採録されている。犬養は名張へ行くと、「山の中で沖の藻とは」と言いながら和菓子「おきつも」を土産に買った。

名張の山、紅葉の季節の香落渓。

当時、飛鳥京付近の人が伊勢を思うときは、名張を中心としたこの困難な山道がなによりも意識されるものであった。こんにち近鉄大阪線で奈良から伊勢に向う人も、近代風ながらこれを実感として意識している。古語で隠れこもることを「隠(なば)る」といったから、当時、大和から見て東方山奥にかくれこもった「隠(なばり)の山」として考えられたのであろう。

（『改訂新版 万葉の旅・中』）

「取材ノート」昭和36年10月11日

すすき　森林　山上の青空、曇　西青山　9.40……青山峠　10.10　快晴　峠を一寸下りたところの眺望よろし　波多横山下に見ゆ／青山峠にて虫めがねをなくす／峠をくだる　芋畑あり　10.45

答志島（とうしじま）

❖三重県鳥羽市

釧つく　手節の崎に　今日もかも
大宮人の　玉藻刈るらむ

——柿本人麻呂［巻一—四一］

【口語訳】

答志の岬で、今日あたり大宮人（宮中に仕える人）たちは、美しい藻を刈って楽しんでいるのだろう。

（「釧つく」は手節の枕詞）


持統天皇の伊勢・志摩行幸には、多くの女官たちが同行した。題詞によれば都に残った柿本人麻呂は、旅先で船遊びや海岸で玉藻を刈る女官たちの姿を想像して歌を詠んだことになる。女官の一人に人麻呂が思慕する女性が含まれていたのかもしれない。また一方で、人麻呂もこの行幸に参加していて、都の留守人に仮構し、一行の望郷の思いを代弁して披露したとする

説もある。犬養は鳥羽の海を眺めながら、学生たちと「椰子の実」や「潮音」を歌うのが大好きだった。

> 行幸は三月だから春の大潮のころだ。藻刈りはもちろん生活のための女の仕事だが、都の宮廷人の旅の興として想像しているのだろう。黒崎のような潮のはやい岩石の断崖よりはその南方の大字答志付近の磯辺の方がぴったりする。（『改訂新版 万葉の旅・中』）

「取材ノート」昭和38年3月24日

潮音寺／戦没兵士の墓／墓地整然たり／畑　えんどうの花／答志中学校／中学校の傍の海岸絶好／わかめとりの人／神島　いらこ崎見ゆ／和具の港／船大2　パンをもとむ／築上山（俗に里山）にのぼる／逆光線の鳥羽の海……

船から見た答志島。

波瀬川

❖三重県津市一志町

十市皇女、
伊勢の神宮に参ゐ赴く時に、
波多の横山の巌を見て
吹芡刀自が作る歌

河の上の
ゆつ岩群に
草生さず
常にもがもな
常娘子にて

［巻一―二二］

【口語訳】
川のほとりの神聖な岩々は
水に絶えず洗われて草が生えないように、
いつまでも変わらずにありたいものです、
永遠のおとめのままで。

大きな岩が印象的な波瀬川。

天武天皇の四（六七五）年二月、十市皇女は伊勢神宮参拝に出かけた。皇女は壬申の乱で敗死した大友皇子の妃であったが、乱後に勝者となった父、天武天皇の元に戻ってきた。心が深く傷ついていた皇女にとって、伊勢参拝は再生癒しの旅であった。皇女の思いを汲み取って吹芡刀自は歌を詠んだ。犬養は取材の折、巨岩に心躍らせ、波瀬川の川原出橋（かわらで）や清水橋（しょうず）の上からスケッチ画を描き、お供の学生は写真撮影に興じた。

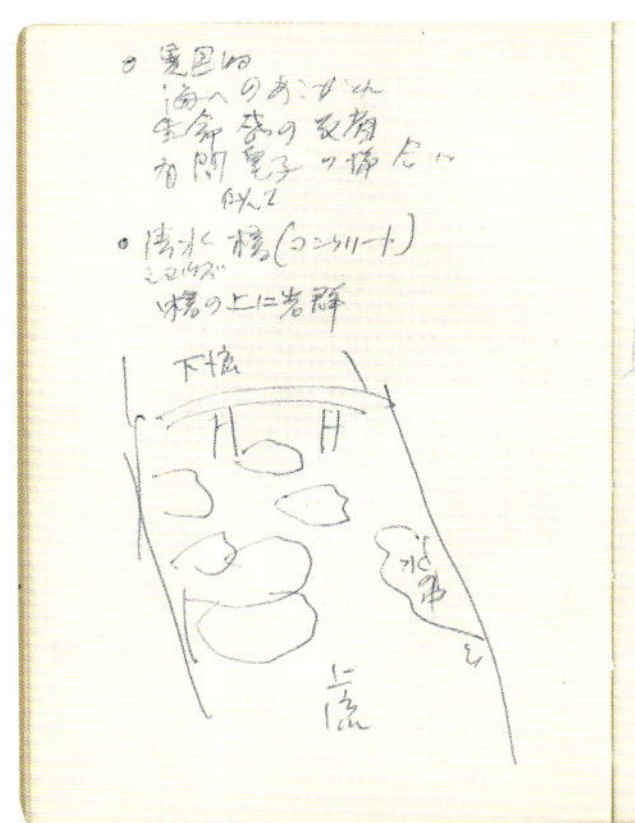
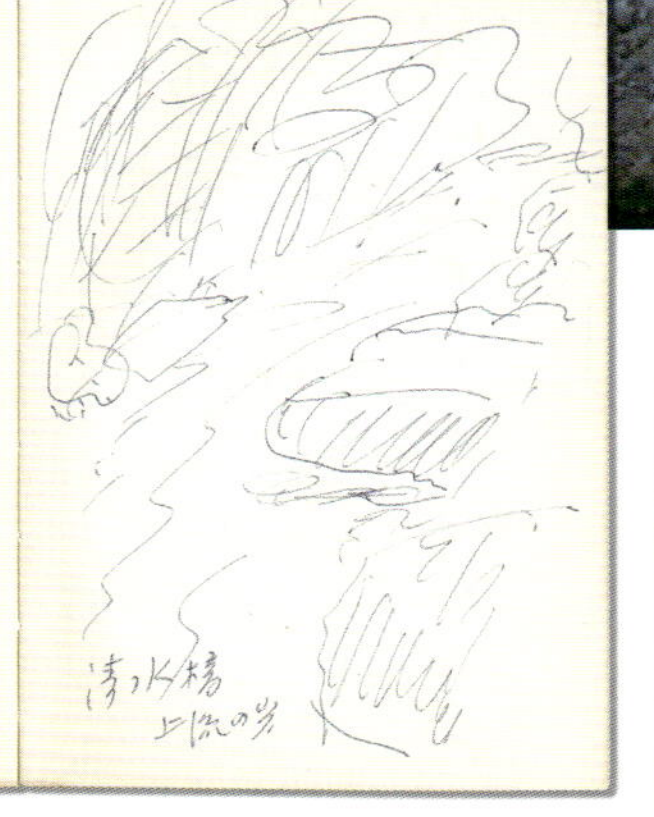
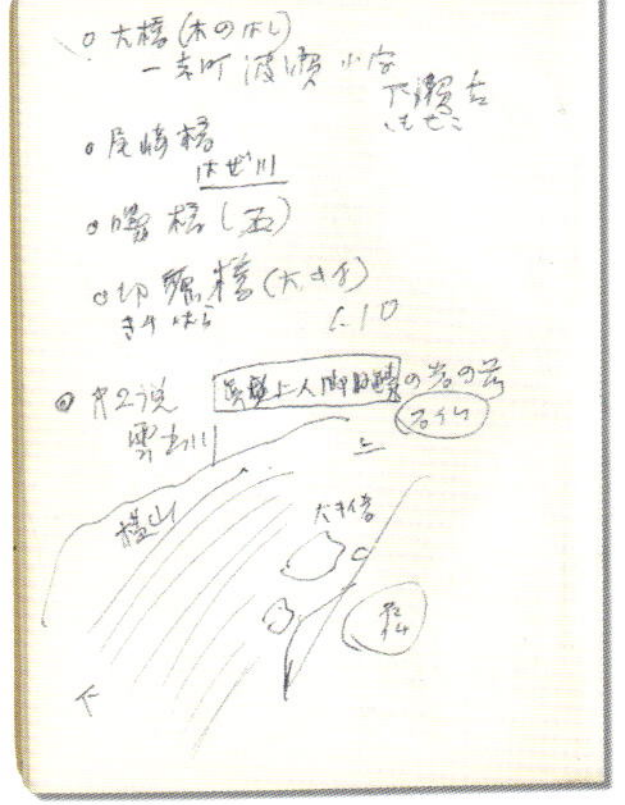

「取材ノート」昭和36年10月11日
異国的　海へのあこがれ　生命感の反省　有間皇子の場合に似て／清水（シヨウズ）橋（コンクリート）　橋の上に岩群
大橋（木のはし）　一志町波瀬小字下瀬子古／しもせこ／尾崎橋／はぜ川／曙橋（石）／切原橋（大きな）1.10／第2説 眞盛上人御旧蹟の岩の前／石仏／雲出川　横山　上大キイ岩／石仏

恭仁京跡（くにきょうあと）

❖京都府木津川市

今造る　久邇（くに）の都は　山川（やまかは）の
さやけき見れば　うべ知らすらし
——大伴家持［巻六—一〇三七］

【口語訳】
今造営している久仁の都は、山や川が清々しいのを見ると、なるほど都になさるのももっともだと思われる。

天平十二（七四〇）年八月、藤原広嗣が九州で反乱を起すと、聖武天皇は自らを天武天皇に準（なぞら）えて、

恭仁京、山城国分寺塔址。

十月東国巡行に出発した。関ヶ原を経由して恭仁宮にとどまり、十二月から新都造営がその地で始まった。中務省の役人であった大伴家持は、天平十五年八月十六日に「今造る」皇都賛美を詠んだが、四ヵ月後の十二月二十四日には造営中止となり未完成のままに終わった。恭仁京万葉旅行の終着地は、宮址北東五キロメートルの安積皇子の墓。茶畑を通り貫ける涼風にしばし時を忘れた。

いま、宮址のある河北の旧瓶原村の地の人も山野も、〝古都〟をまったく忘れ去っているかのように、閑雅寂寞の感にみたされているが、それだけに人間の営為のむなしさを如実につげているようである。

（『改訂新版 万葉の旅・中』）

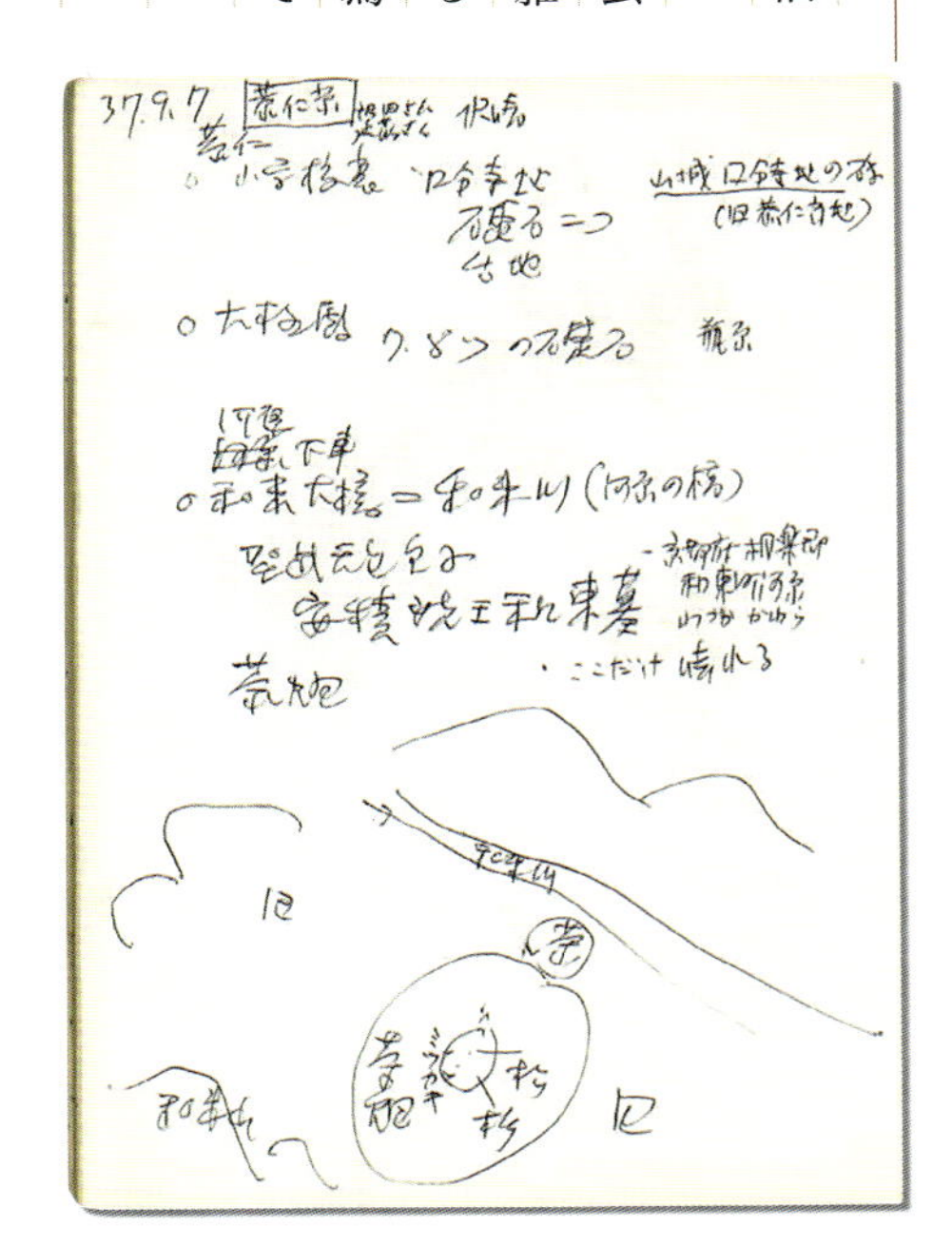

「取材ノート」昭和37年9月7日

恭仁京　沢田さん　延藤さん　快晴　恭仁小学校裏　国分寺址　礎石二つ　台地　山城国分寺址の碑（旧恭仁京址）／大極殿　7、8ツの礎石　瓶原／河原下車／和束大橋=和束川（河原の橋）／聖武天皇皇子　安積親王和束墓　京都府相楽郡　和束町河原　ここだけ晴れる　茶畑

山城国分寺址（旧恭仁宮址）の碑。

浦島伝承地のひとつ、本庄浜。

本庄浜

❖京都府伊根町

……水江の　浦島子が　鰹釣り
鯛釣り誇り　七日まで　家にも来ずて
海界を　過ぎて漕ぎ行くに　海神の
神の女に　たまさかに　い漕ぎ向ひ
相誂らひ　こと成りしかば　かき結び
常世に至り　海若の　神の宮の
内の重の　妙なる殿に　携はり
二人入り居て　老いもせず
死にもせずして　永き世に
ありけるものを……

――高橋虫麻呂［巻九―一七四〇］

浦島の子（あるいは浦の島子）は、『丹後国風土記』では与謝郡（よさのこおり）、『日本書紀』では与社郡（よざのこおり）の筒川の人であり、大亀に変身したおとめに出会ったことになっている。ところが『万葉集』の高橋虫麻呂の歌では舞台は摂津国の住吉（すみのえ）であり、亀は登場しない。この相違について、丹後から摂津への伝説の伝承説よりも、伝承をもとにした高橋虫麻呂の創作説のほうが有力視されている。本庄浜の宇良神社には、常世の国を描いた絵や玉手箱まである。万葉旅行に参加した学生たちは、松林の中で「浦島太郎」の童謡を歌いながら、物語の民俗学、さらには民族学的広がりに思いを馳せた。

宇良神社こと、浦嶋神社。

こんにちは奥丹後半島めぐりの観光バス道路ができたが、もとは経が岬付近は草をわけて小道をさぐるようなところもあって、思わない入江のかげに浦島の夢がひっそりとたたまれているような感じのところだった。

（『改訂新版 万葉の旅・中』）

【口語訳】

……水江の浦島の子が鰹を釣ったり鯛を釣ったりするのに夢中になり、七日経っても家にも帰らず、海の果てまで漕いで行くと、海神のおとめに偶然出会って漕ぎ近づいて、互いに言葉をかけあって約束ができたので、契りを結んで常世に行って、海神の宮殿の奥の奥の立派な御殿に一緒に二人で入り住み、年もとらず死にもせずにいつまでも生き続けることができたのに……。

「取材ノート」昭和37年8月22日　本庄浜　筒川　船小屋　常世橋

唐崎（からさき）

❖滋賀県大津市

楽浪（ささなみ）の　志賀の唐崎（からさき）　幸（さき）くあれど
大宮（おほみや）人の　舟待ちかねつ

楽浪の　志賀の大わだ　淀（よど）むとも
昔の人に　またも逢はめやも

――柿本人麻呂［巻一―三〇・三一］

【口語訳】

志賀の唐崎はその名のように幸（さき）く、昔のままであるが、かつてここで遊覧した大宮人はいくら待っても、もう逢うことはできない。

志賀の大わだは昔のままに人待ち顔に淀んでいるが、昔の大宮人にはまた逢うことができようか（もうできないのだ）。

（「楽浪の」は志賀の枕詞）

唐崎は京阪電車滋賀里から北東二キロ、戦後は米軍の滑走路、いまは田畑の間を横ぎって湖岸に出ればもう遠くはない。大津市下阪本町唐崎神社のあるところで、いま北方の湖岸にはヨット・ハーバーがあるが、神社と、何代目かになる枯松とを中心とした一角は人気なく蕭条とそのまま歌の趣きである。（『改訂新版 万葉の旅・中』）

唐崎神社から三上山（近江富士）を遠望。

壬申の乱に勝利した天武天皇は飛鳥浄御原の宮を造営し、大津の宮は廃都となった。わずか五年余の歴史であった。柿本人麻呂が詠んだ近江荒都歌（巻一―二九～三一）は、万葉歌の配列から判断して、持統天皇の二（六八八）年頃の作と推察されている。とすれば壬申の乱から十六年後になる。反歌の二首は「志賀の唐崎」と「志賀の大わだ」を擬人化している。犬養が『万葉の旅』執筆のために取材していた頃、大津宮の中心地については諸説あったが、昭和五十年代に内裏や朝堂院の位置は錦織に確定した。

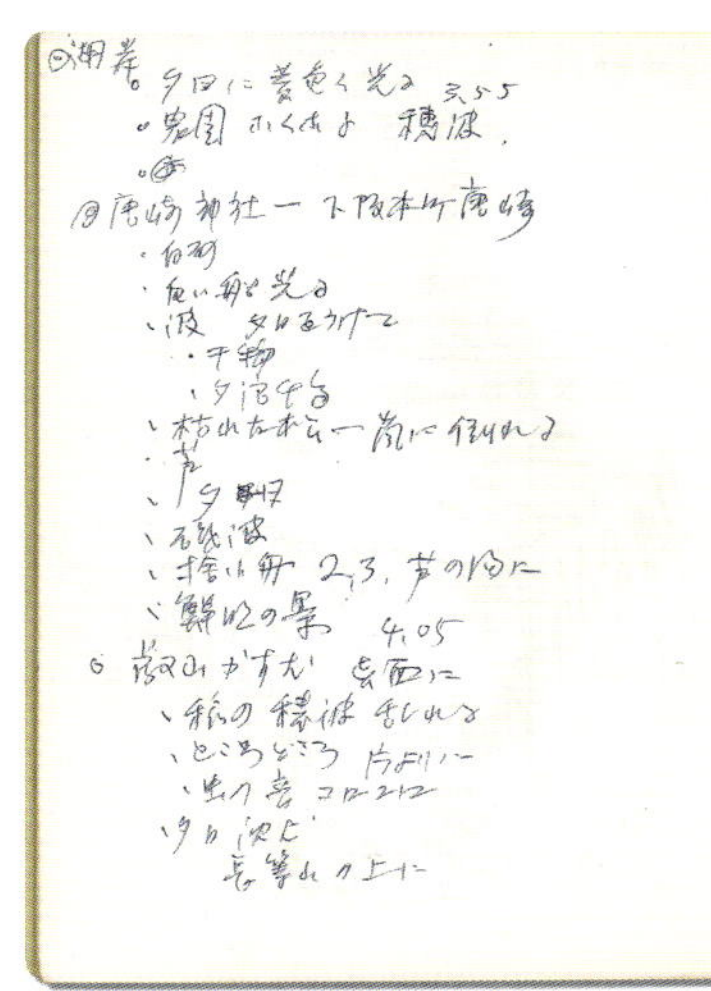
「取材ノート」昭和36年10月17日
湖岸　夕日に黄色く光る　3.55／農園なくなる　穂波／唐崎神社—下阪本町唐崎　白砂　白い船光る　波　夕日をうけて　干物　夕浪千鳥　枯れた松—嵐に倒れる　芦　夕日　磯波　捨小舟2、3　芦の間に　鮮明の景　4.05／叡山かすむ　眞西に　稲の穂波乱れる　ところどころ片よりに　虫の音　コロコロ　夕日沈む　長等山の上に

崇福寺（すうふくじ）

❖滋賀県大津市

穂積皇子（ほづみのみこ）に勅（みことのり）して
近江の志賀の山寺に
遣はす時に、
但馬皇女（たぢまのひめみこ）の作らす歌一首

後（おく）れ居（ゐ）て
恋ひつつあらずは
追ひ及（し）かむ
道の隈回（くまみ）に
標結（しめゆ）へ我が背

［巻二―一一五］

【口語訳】
後に残されて恋しく思うぐらいだったら、
あなたの後を追いかけていきたい。
道の曲がり角ごとに
目印を付けてください、私のあなた。

紅葉が盛りの崇福寺址。

穂積皇子と但馬皇女の父は天武天皇、母が異なる兄妹であった。この万葉歌を根拠として、二人の密通が公になったため、皇子が志賀の山寺に蟄居させられたとする説がある。一説には仏事のための派遣にすぎないという。犬養は、二人の歌の「全体は渾然とした劇的な物語、おそらく悲しい歌物語的なものとして伝承されてきたもの」とする。遺跡調査の結果、崇福寺の伽藍は北尾根と中尾根にあり、南尾根の遺構は梵釈寺であった。紅葉の季節に訪れる者は、驚嘆の声をあげる。

崇福寺講堂跡碑。

「勅して」が勅勘かなにかの用向きかは不明だが、この女心の悲しい真実なればこそ、皇子が志賀山寺に遣わされたときにも、あとを追おうとする急迫した心情の律動を示すのだ。草むらの礎石には、悲恋の〝物語〟も湖畔の悲史もなに事もなさそうに、虫の音がきこえていたりする。

（『改訂新版 万葉の旅・中』）

「取材ノート」昭和36年10月17日

雑草の中の礎石　草むら　虫の音ほそく　沖に汽船二ツ　帆船10バラバラに　すっかり茂り　萩も大きくなる　完全に草にうもれる　西日　対岸の稲田の黄見える　電車の音　半分黄葉　西日に赤し……“崇福寺旧址”の碑／くだり　川の氾ラン　砂　林の中に　ノギク……湖の遠景　石垣

弘文天皇陵(こうぶんてんのうりょう)

❖滋賀県大津市

……整(ととの)ふる　鼓(つづみ)の音は　雷(いかづち)の
声(こゑ)と聞くまで　吹き鳴(な)せる　小角(くだ)の音も
敵(あた)見たる　虎か吼(ほ)ゆると　諸人(もろひと)の
おびゆるまでに　ささげたる　旗(はた)の靡(まね)きは
冬ごもり　春さり来(く)れば　野ごとに
つきてある火の　風の共(むた)　靡(なび)かふ如く
取り持てる　弓弭(ゆはず)の騒(さわき)　み雪降る
冬の林に　飄風(つむじ)かも　い巻き渡ると
思ふまで　聞(き)きの恐(かしこ)く　引き放つ
矢の繁(しげ)けく　大雪の　乱れて来(きた)れ……

——柿本人麻呂［巻二―一九九］

【口語訳】
……隊伍を整える太鼓の音は雷の音と聞こえるほどで、吹き鳴らす角笛の音も敵を見た虎が吼えていると、人々がおびえるほどで、捧げ持つ旗のゆらぎは、春が来れば野ごとにつける火が風とともに靡いているようであり、手に取り持っている弓弭の音は、雪の降る冬の林につむじ風が巻いて通ると思うほど聞くのも恐ろしく、引き放った矢の多いことは、大雪が乱れ降るかのようで……。
（「冬ごもり」は春の、「み雪降る」は冬の枕詞）

壬申の乱で高市（たけち）皇子は、父、大海人皇子から総指揮を委ねられた。柿本人麻呂の生没年は不明なので、実際に戦闘に参加したかどうかは定かではない。人麻呂は『万葉集』中、最多の百四十九句からなる高市皇子への挽歌の中で、戦闘場面を活写している。犬養は、壬申の乱をテーマとした講演を得意とした。『日本書紀』に記述されている戦闘過程を諳（そら）んじており、講釈師のようにだんだん早口の熱弁となっていった。それゆえ最後の大友皇子（明治三年、弘文天皇と追諡）自害の悲劇性が強く印象付けられた。

悲劇の皇子、大友皇子（弘文天皇）の陵墓、長等山前陵。

「取材ノート」昭和36年10月17日
弘文陵の森　大きな鳥バサバサ　山鳩の声　茂み／弘文天皇長等山前陵／杉ごけの中に小松の芽生え　ジュウタンの如し／松のみどり／百舌の声……／商高はしづかに　米軍去り、やっとおちつく／中に紅葉点々とあり／十市皇女の幻想　大友皇子の最後／陵守の建物の中に　火鉢と鉄びん　火消壺　椅子四脚　“御印はビワ湖荘の下の高田さんにあります”／ヘリコプター／長等山見える　新羅三郎神社／草の中の虫の音　リーリー　かすか／ここに古代あり

第三章 東海・東国

あづまうたの民謡的世界

口語訳・解説＝富田敏子

およそ鈴鹿峠、不破以東の東海道、東山道以北の関東の諸地に加えて、奥州の一部、今の福島県までの間は、〝東国〟の範囲であって、東歌の世界、また、およそは防人歌の舞台である。東歌を個人的な抒情詩の世界のものとみる説もあるが、わたくしにはやはり民謡的世界のものと思われる。（犬養孝『万葉　花・風土・心』）

榛名湖
P.68
田児の浦
P.56
神坂峠
P.66
引佐細江
P.60
伊良湖岬
P.54
足柄峠
P.58

伊良湖岬（いらごみさき）

愛知県田原市

うつせみの　命を惜しみ　波にぬれ
伊良虞（いらご）の島の　玉藻（たまも）刈り食（は）む

――麻続王（をみのおほきみ）［巻一―二四］

【口語訳】
命を惜しんで波にぬれ、
伊良虞の島の藻を刈って食べているよ。
（「うつせみの」は命の枕詞）

激しい潮流、
さかまく伊良湖水道。
奥に神島。

左註には、『日本書紀』によれば麻続王が天武四（六七五）年罪に問われ因幡（鳥取県）に流されたが、後の人が「伊良虞の島」と誤り記したとある。貴人の「玉藻を刈り食べても命をつなぎたい」という思いが、都人のこころに響いたのだろう。鳥羽へのフェリー乗り場から、白砂の恋路ケ浜をたどると、波の音や数基の歌碑。荒磯の灯台後方には、三島由紀夫『潮騒』舞台の神島も望める。犬養がよくうたった島崎藤村の「椰子の実」詩碑も、岬と離れた崖上にある。

「取材ノート」
昭和37年7月1日
37.7.1　伊良湖岬
石門荘にとまる、
渥美局831番／
60人位のよし、
ふろば小さし／
波の音ときどき
三、七、七、一、
朝　五時半　雨

伊良湖岬をほんとうに知るためには、半島を陸路先端までゆき、海路鳥羽からも知多半島からもゆき、しかも観光客の立ち去ったあと、岬の磯をめぐり、恋路が浜の広大な砂浜を歩いてみなければならない。岬をめぐれば、急峻な山容の神島との間には伊良湖水道の激しい潮流が波立っている。砂浜は南海の椰子の実をはこぶ黒潮に面していても寂寞荒涼の感にみちている。北側につくった港さえ日ごとに砂に埋れてゆく。

（『改訂新版 万葉の旅・中』）

田児の浦

❖静岡県静岡市

天地の　分れし時ゆ　神さびて
高く貴き　駿河なる　富士の高嶺を
天の原　ふり放け見れば　渡る日の
影も隠らひ　照る月の　光も見えず
白雲も　い行きはばかり　時じくそ
雪は降りける　語り継ぎ
言ひ継ぎ行かむ　富士の高嶺は

［反歌］
田児の浦ゆ　うち出でて見れば　ま白にそ
富士の高嶺に　雪は降りける

——山部赤人［巻三—三一七・三一八］

薩埵峠から見た雪の富士山。

【口語訳】

天と地が分れた時から神々しくて高く貴い駿河の富士の高嶺を、（はるか大空から）振り仰いで見ると空を渡る太陽の姿さえも隠れ、照る月の光も見えない、白雲も進みかねて時をかまわず雪は降っている、語り継ぎ、言い継いでゆこう、この富士の高嶺を。

［反歌］

田児の浦から一歩出て見ると、真っ白に富士の高嶺に雪は降っている。

薩埵峠道へは、JR興津駅から東へ興津川を渡り、山手へ登る約四キロ。墓地から曲がり角に顔を出した途端、真正面に富士山があらわれる。眼下に東海道本線と国道一号の多重曲線、右に駿河湾という絶景地。冠雪の富士は十一月半ばから十二月の晴天つづきがおすすめ。薩埵峠ではミカンの実と枇杷の花が迎えてくれる。畑中の道から由比宿場町をへてJR由比駅へ下る三キロは富士の雄姿を見飽きることはない。

こんにち薩埵山（二四四メートル）東面の急な崖の山裾は、海岸に沿って東海道本線や国道が走りはげしい交通量を見せているが、むかしは親知らず子知らずの険といわれて、海道の難所であったという。そこで明暦元年（一六五五）朝鮮の使者を江戸にむかえるに際して薩埵峠の新道をひらいたという。しかし万葉のむかしにも危険な崖下の海ぎわ（岫崎）など通らずに、峠越をしたのではなかろうか。（『改訂新版 万葉の旅・中』）

「取材ノート」昭和37年11月2日
薩埵峠東より

足柄峠(あしがらとうげ)

❖神奈川県南足柄市

足柄(あしがら)の　み坂恐(さかかしこ)み　曇り夜(よ)の
我(あ)が下延(したばへ)を　言出(こちで)つるかも
——東歌(あづまうた)［巻十四—三三七一］

【口語訳】
足柄のみ坂を恐れ、
私の隠した心を口に出してしまった。
（「曇り夜の」は下延にかかる比喩の枕詞）

峠を越えると異国である。古代人は峠の神に恐れを抱き、布や御幣(ごへい)などの捧げものをした。足柄峠はことに険しいと知られていた。足柄神社（伊豆箱根鉄道大雄山駅からバス）からは西北にずんぐりした矢倉岳、西南に金太郎伝説の金時山が見え、両山の間の低いところが足柄峠。冬は深い積雪で、峠の城跡から正面に冠雪の富士山が素晴らしい。近くに「足柄」の万葉歌碑六基が点在する足柄万葉公園。峠から谷川沿いに約四キロ下ればJR足柄駅に着く。

中世以後の東海道はのちのいわゆる箱根山越をしているが、古代の海道は「足柄のみ坂」を越えるものだった。静岡県の愛鷹（あしたか）山の南裾から東側の裾をめぐる海道と、愛鷹山の北側の富士山麓をめぐる近道とは御殿場近傍（むかしの横走（よこはしり）の駅）でいっしょになり、ここで甲州道を分かって、海道は竹之下（駿東郡小山（おやま）町）から足柄峠（七五九メートル）を越えて相模国（神奈川県）に入り、地蔵堂・関場を経て関本（むかしの坂本駅、現、南足柄市）に達する。竹之下から地蔵堂にいたるこの足柄峠越の山坂が「足柄のみ坂」である。（『改訂新版 万葉の旅・中』）

駿河と相模国境の足柄峠、
奥右の金時山と矢倉岳間の低い所。
（足柄サービスエリアから西を望む）

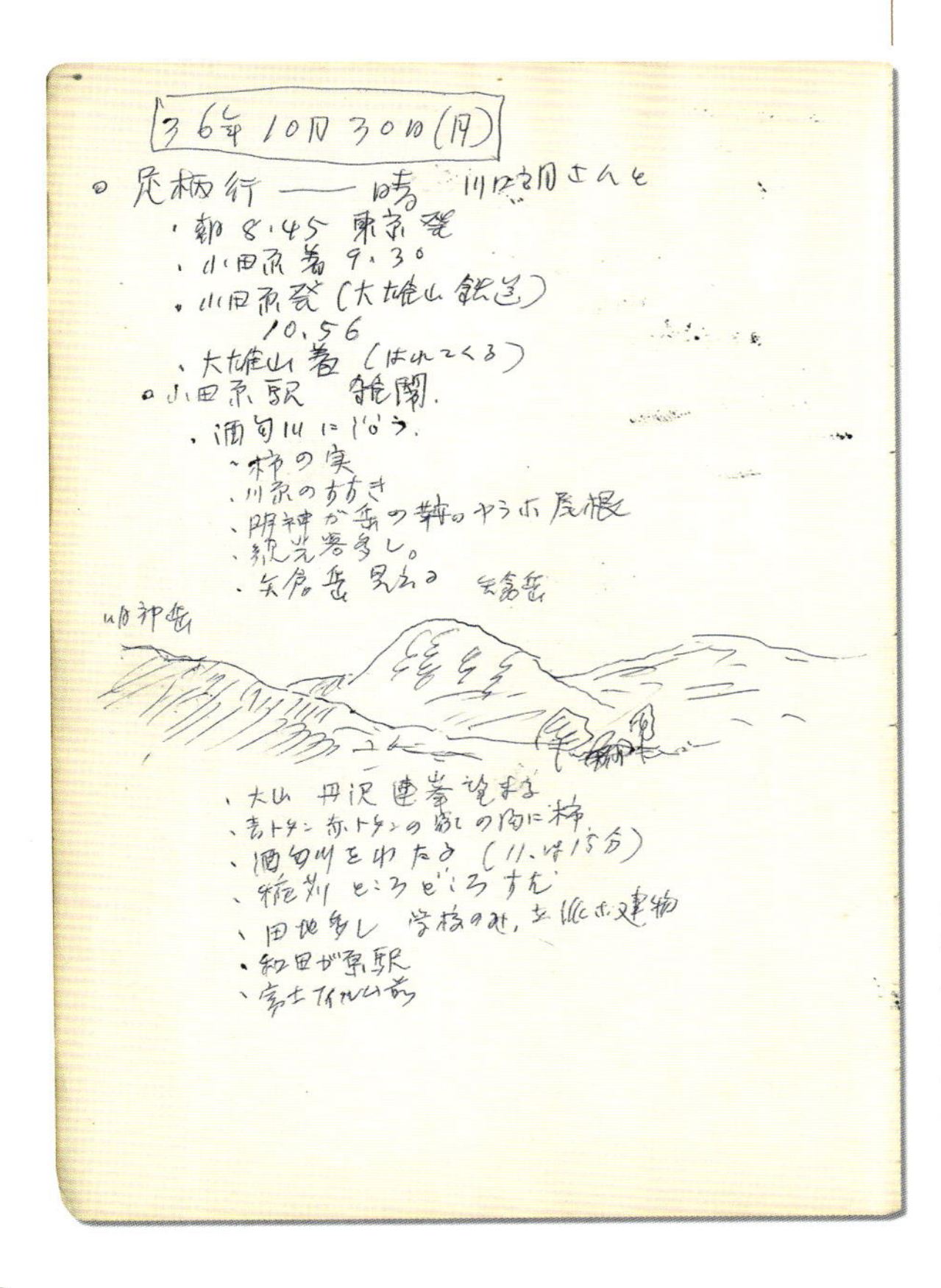

36年10月30日（月）
○足柄行 —— 晴 川口朗さんと
・朝 8.45 東京発
・小田原着 9.30
・小田原発（大雄山鉄道）10.56
・大雄山着（はれてくる）
○小田原駅 雑閙
・酒匂川に沿う
・柿の実
・川原のすすき
・明神が岳の鞍のような尾根
・観光客多し。
・矢倉岳見える 矢倉岳
明神岳
・大山 丹沢連峯望まる
・青トタン赤トタンの家の間に柿
・酒匂川をわたる（11時15分）
・稲刈ところどころすむ
・田地多し 学校のみ立派な建物
・和田が原駅
・富士フイルム前

「取材ノート」昭和36年10月30日
足柄行—晴、川口朗さんと／朝8.45東京発　小田原着9.30／小田原発（大雄山鉄道）10.56 大雄山着（はれてくる）／小田原駅、雑閙／酒匂川に沿う　柿の実　川原のすすき　明神が岳の鞍のような尾根　観光客多し　矢倉岳見える……

引佐細江（いなさほそえ）

❖静岡県浜松市

遠江（とほつあふみ）
引佐細江（いなさほそえ）の
みをつくし
我（あれ）を頼（たの）めて
あさましものを

——東歌（あづまうた）［巻十四—三四二九］

【口語訳】
遠江・浜名湖の引佐細江のみおつくしのように頼りにしていたのに、私に期待させて手も触れないなんて。

遠江は琵琶湖に対して都から遠い湖、浜名湖と猪鼻湖をいう。江戸時代、津波で遠州灘側に「今切れ」ができ、海水交じりの汽水（きすい）湖になった。引佐細江の

浜名湖・引佐細江の朝日。

「みをつくし・澪標」は細江町の湖水にあるような交差形ではなく、ただの棒杭。湖にそそぐ浅い水路を船が安全に行くための標だったが、今は見ることもない。「みをつくしのように、頼りにしていいと言ったのに、あなたは頼りにならない人ね」の心か。東歌は率直な気持ちを訴えるのが魅力だ。

浜名湖のいちばん東北隅の湾入をいま引佐細江といっている。旧姫街道は三ケ日から引佐峠の山越をして西気賀（浜松市北区細江町）で湖岸にでているが、新道は湖岸づたいにきて寸座峠から引佐細江の岸を通る。この寸座峠からの細江の景観ほど静寂をきわめたところもすくない。半農半漁のしずかな村、湖畔の家は芦荻のあいだに埋もれて岸につないだ小舟といっしょに湖面に影をうつしている。対岸の山も湖面も丘もすべてひとつのひそまりの中である。（『改訂新版 万葉の旅・中』）

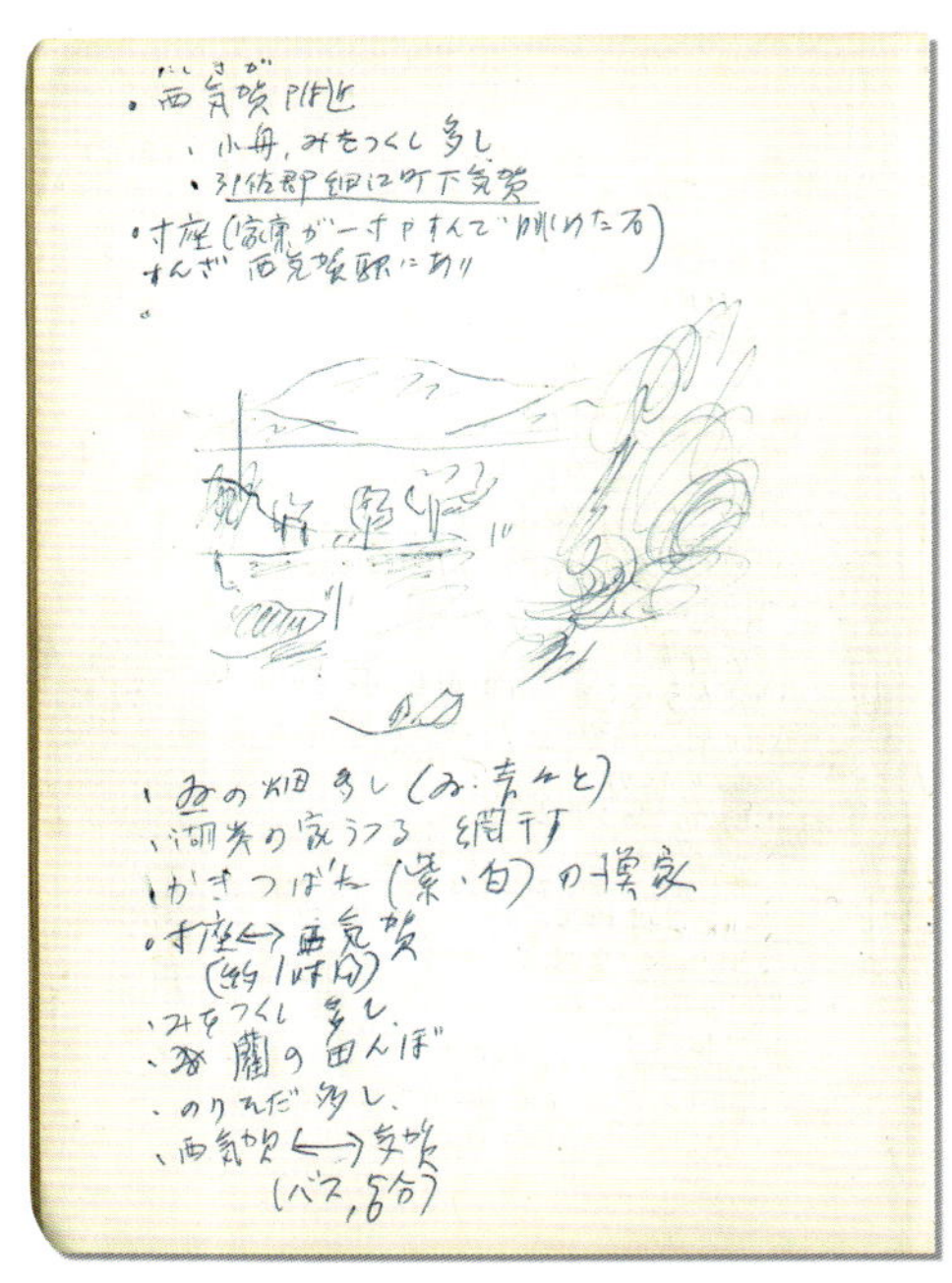

「取材ノート」昭和37年6月30日
西気賀附近　小舟、みをつくし多し　引佐郡細江町下気賀／寸座（すんざ、家康が一寸やすんで眺めた石）　西気賀駅にあり　ゐの畑多し（ゐ・青々と）　湖岸の家うつる　網干す　かきつばた（紫・白）の漁家／寸座—西気賀（約1時間）／みをつくし多し／藺のたんぼ／のりそだ多し／西気賀—気賀（バス5、6分）

鹿島神宮（かしまじんぐう）

❖茨城県鹿嶋市

あられ降り
鹿島（かしま）の神を
祈りつつ
皇御軍卒（すめらみくさ）に
われは来（き）にしを

——防人大舎人部千文（おほとねりべのちふみ）
［巻二十—四三七〇］

【口語訳】
鹿島の神を祈りながら、
皇軍兵として私は来たのだ。
（「あられ降り」は鹿島の枕詞、
あられが屋根に当たる
かしましい音）

巻二十には国防軍人・防人の歌が集まっているが、拙劣な歌は載せないとの注釈で、八十四首が収録された。作者は「常陸の那珂郡」の出身（茨城県那珂郡・ひたちなか市・水戸市）で、鹿島神宮に参り、出立する心意気を勇ましくうたう。その同じ作者が「筑波嶺のさ百合の花の夜床にも　かなしけ妹そ　昼もかなしけ」と妻の愛しさをうたった。それが防人の心である。先の大戦中、犬養は台湾の高校生にこの話をした。私も犬養と一緒の旅で「外浪逆浦に出、北浦にはいって鹿島の大船津に上陸」したが、いま鹿島の大船津はただの公園となった。

鹿島神宮へはJR成田線佐原駅から水郷の潮来を経てバスも通っているが、潮来から船で北利根川を下り外浪逆浦に出、北浦にはいって鹿島の大船津に上陸するのもよい。近世初頭に利根川を東京湾側から現在の水路にかえて以来、地形の大変動をみて、東歌の「浪逆の海」（三三九七）もどこと定めがたいが、わずかにしのぶことはできるし、晴れた空には富士と筑波をながめ得てすばらしい。鹿島神宮は国土開発の武神武甕槌神をまつる常陸一の宮として古来きこえた社である。こんにちも広大な自然林のなかに鬱蒼とした神域を保っている。（『改訂新版 万葉の旅・中』）

檜皮葺き、黒地に金細工が東国風な鹿島神宮本殿。

筑波山

茨城県つくば市

筑波嶺に　雪かも降らる　否をかも
愛しき児ろが　布乾さるかも

——東歌 常陸国の歌 ［巻十四―三三五一］

【口語訳】
筑波の嶺に雪が降ったのか、いや違うのかも、愛しいあの娘が白い布を干しているのかも。

東歌、常陸国の相聞歌（恋歌）だけに、東国なまり満載。「降らる」「乾さる」や、布を「にの」と。犬養は「愛しき児ろ」を「愛しいあの娘ちゃん」と言った。筑波

山に雪かと見えるほど白布を干すのは、日ごろ見慣れた情景である。東国は麻の産地。麻布を晒して干し、調税とした。男女が集うかがい（歌垣）で謡われたのだろうか。引用の筑波・新治郡は現つくば市、真壁郡は現桜川市に。

筑波山はこんにち筑波・新治・真壁三郡にまたがっていて、常陸の人が誇りとする名山であるばかりでなく、関東平原のどこからでも望まれる山だけに多くの人から親しまれている。（中略）古代には筑波の山の深い信仰に結ばれて農村の集落が展開していたらしい。常陸の東歌一二首の中で一一首、防人歌一〇首の中で三首までが「筑波」をうたっている。それも景観を主題とするものではなくて、あくまでも生活と結びついた親しい郷土の山としての「筑波」である。（『改訂新版 万葉の旅・中』）

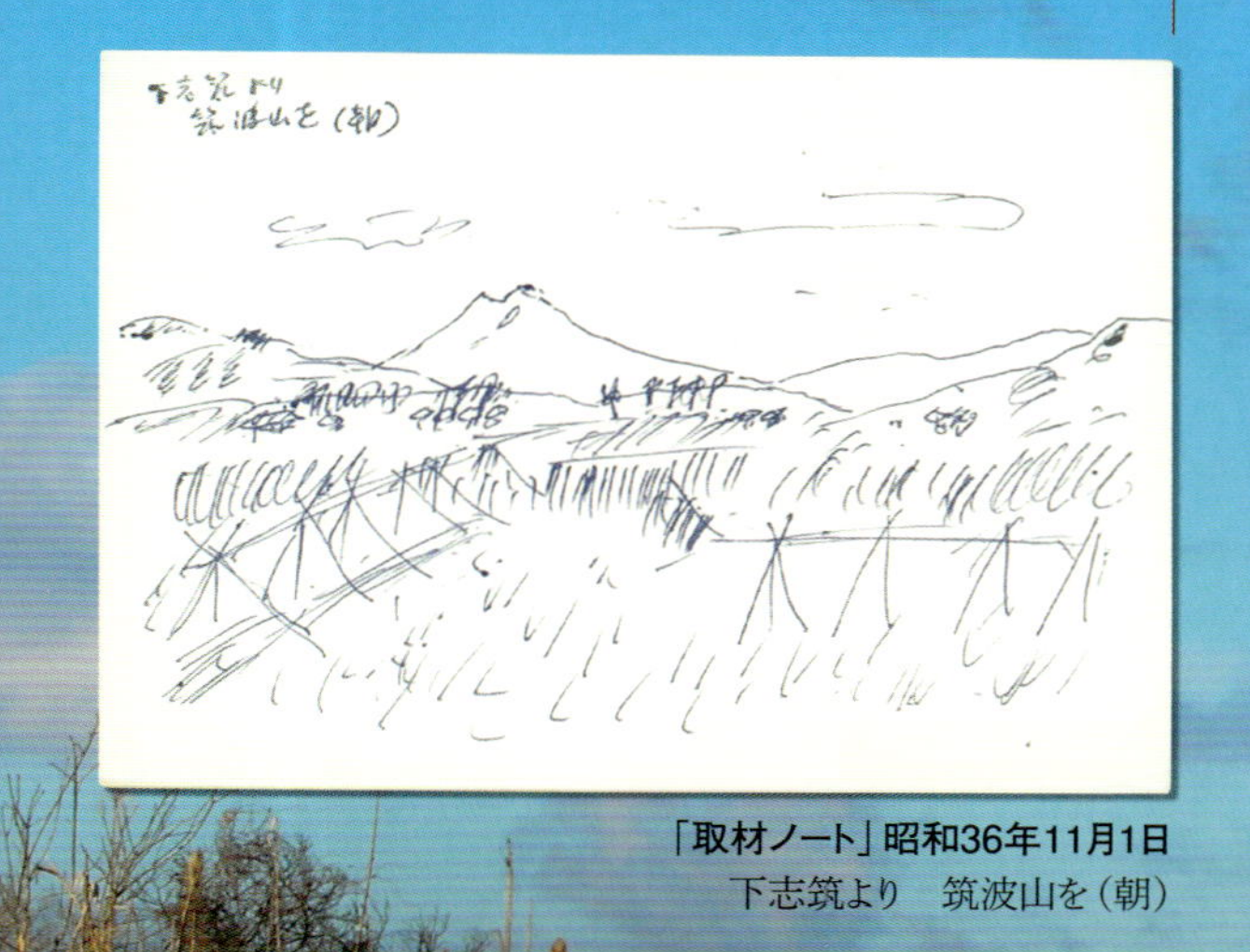

「取材ノート」昭和36年11月1日
下志筑より　筑波山を（朝）

恋瀬川と雪化粧をはじめた筑波山。

神坂峠

❖長野県阿智村

神坂峠近くから中津川市、北の山を望む。

ちはやふる
神の御坂に
幣奉り
斎ふ命は
母父がため

――防人神人部子忍男［巻二十―四四〇二］

【口語訳】
神の御坂に御幣をささげ、慎んで無事を祈るのは母父のため。（「ちはやふる」は神の枕詞）

足柄峠（58頁）と同じく恐ろしい神の御坂の峠越え。命長らえよと祈るのは、母父を悲しませないためである。東歌はほとんどが母・父の順。神坂神社前には犬養揮毫の三三九九番歌碑、境内に明治期建立のこの歌碑、その奥に川沿いの古道。岐阜県中津川市の神坂峠遺跡へ歩く

古代より旅の安全を祈る人々に拝されてきた神坂神社。

人は少なく、ヒキガエルに驚かされる道だ。園原からロープウェイを乗り継ぐ夏の夜空の観光も人気。犬養の好きな島崎藤村『夜明け前』の舞台、旧中山道の馬籠宿や妻籠宿も北の山地にある。

神坂越は古く倭建命の伝説にきこえ、延喜式の駅家にも東山道の要路として、峠をはさんで美濃側に坂本駅(中津川市)信濃側に阿知駅(下伊那郡阿智村駒場)がおかれていた。神坂峠付近からは峠越の旅人による古代祭祀の遺物も多数発見されているし、近世まで濃信両国をつなぐ一通路だった。(中略)足柄をはるかにしのぐ山また山の難路だから、迫る山気の中では、あらぶる神に手向して親に思いを馳せわが身の無事を祈らないではいられないのだ。

(『改訂新版 万葉の旅・中』)

榛名湖(はるなこ)

❖群馬県高崎市榛名町

上毛野(かみつけの)　伊香保の沼に
植ゑ小水葱(うゑこなぎ)
かく恋ひむとや　種求めけむ

——東歌 上野国の歌 ［巻十四—三四一五］

【口語訳】
上野の伊香保の沼に植えた小水葱、(こんなに恋すると思って)この種を求めたのだろうか。

上野は群馬県。榛名湖は榛名富士や掃部ヶ岳、烏帽子ヶ岳などに囲まれた火口湖。湖畔の夏はにぎわうが、真冬は湖面も凍ってしまう。食用栽培した沼はもっと標高の低い地かと犬養はいう。「植ゑ小水葱」「種求めけむ」とは、軽い気持ちで恋を始めたら、恋の炎が燃え上がったよと、意外な結末に作者も驚いている。男女が知り合うのは榛名神社や筑波山麓、大和の三輪山麓の海石榴市で行われたかがい（歌垣）、いまの盆踊りの場であった。

神秘的な榛名湖の夜明け。

「伊香保の沼」はこの辺の農村の人たちにきこえていた沼として、また「コナギ」は水葵のたぐいで九月ごろ紫の花の咲く水草だが、かれらの食料や花摺の染料として、ともにしたしまれていた生活環境をたとえにしての恋の民謡だ。時には農村男女の心のはけ場としてうたわれたのだろう。

（『改訂新版 万葉の旅・中』）

「取材ノート」昭和36年11月2日　榛名湖　びんぐし岳　えぼし岳

安達太良山

福島県二本松市

安達太良の　嶺に臥す鹿猪の　ありつつも
我は至らむ　寝処な去りそね

——東歌　陸奥国の歌［巻十四—三四二八］

【口語訳】
安達太良のいつもの嶺で寝る猪のように、
ずっと私は逢いに来よう、
お前はその寝床を離れないでおくれ。

安達太良山は獣が住む深い山で人里からはるかに遠い。「あの娘がいるからずっと通うよ、寝床を離れないで待って」と男の思いは熱い。「鹿猪」は寝穴に住む猪。高

村光太郎の詩集『智恵子抄』に、妻が〝あれが阿多多羅山〟と指したと、犬養の記述はさりげない。二本松市内に智恵子の生家もある。霞ヶ城址からながめる安達太良連山の真ん中を〝おっぱい山〟の愛称で地元の人は呼んでいる。岳温泉に泊まり、ロープウェイで山頂まで楽に登れる。そこには智恵子の「ほんとうの空」がある。

「安達太良の嶺」は二本松西方に一七〇〇メートル級の尾根をつらねた安達太良山で、磐梯高原から吾妻スカイラインを経て二本松へとまわれば、終日その雄大な山容が望まれる。二本松の霞が城址からは、〝あれが阿多多羅山〟と指さすまでもなく、東南にひらいた裾野の大観には「嶺に伏す鹿猪」も思うことができる。

（『改訂新版 万葉の旅・中』）

「取材ノート」昭和38年10月30日

二本松にて　晴／二本松　霞ケ城址へ／城址にて　紅葉全山　霞ケ城にて　安達太良の全貌大観できる／菊人形大会中／裾野多し　支脈多し／下方に丘陵地帯／バスにて岳温泉（だけ温泉）／混む（45円）　岳到着　佐藤旅館（いちばん上手）／一度拒らる。温泉事務所にて／再びここにきまる。／よい家、庭に渓流あり

快晴の安達太良の嶺。
リフトで山頂に登れる。冬はスキー場。

黄金山神社

❖宮城県涌谷町

天皇の　御代栄えむと　東なる
陸奥山に　金花咲く
——大伴家持［巻十八—四〇九七］

【口語訳】
天皇の御代が栄えるであろうと、
東国の陸奥の山に黄金の花が咲く。

「陸奥國に金を出だす詔書を賀く」長歌に続く三番目の反歌である。「聖武天皇の天平二十一（七四九）年二月、造営中の東大寺大仏の塗金に不足していたとき、陸奥の小田郡からはじめて金を産して」黄金九百両を納めた。越中国守の家持

静かな黄金山神社。
後方山中から金を出土。

は聖武天皇の詔勅に大伴氏の功績が記されていたと感激、歌を詠んだ。家持はこの地を訪ねてはいない。現在は神社に接して金産出を展示する天平ろまん館が建っている。

> 産金地は東北本線小牛田駅東方の遠田郡涌谷町黄金迫付近の山地で、石巻線涌谷駅から町をぬけて北へ三キロ余の山あいにあたる。現在山ぶところに式内黄金山神社（黄金宮）が訪う人もなく鎮まり、社の前に「黄金始出地」の碑や山田博士筆の万葉歌碑がある。（中略）この歌は現地での歌ではないが万葉故地の再北限にあたる。家持は越中で陸奥を思い生涯の感激を歌にあらわしたが、その同じ人が三六年後の延暦四年（七八五）、持節征東将軍としておそらくは多賀城に在任中病没し、しかも藤原種継暗殺事件に連坐のかどで未葬のまま追罰された。黄金迫の幽林の中には数奇な運命の人の心魂が人しれずつぶやいているようでもある。
>
> （『改訂新版 万葉の旅・中』）

「取材ノート」昭和36年8月16日
快晴／鹿島発、12.57　25分延着のため仙台にて乗りかへまにあはず／急行にて小牛田までゆく／小牛田／ここより黄金山神社に往復タクシー（950円）／〈地図内　田ん圃　涌谷　小牛田〉／黄金山神社（元涌谷黄金迫）／〈地図内　山田孝雄筆“くがね花咲く”の碑〉／蟬の声／誰一人ゐない　みちのくか／涌谷→小牛田→仙台→上野→谷中墓参→大阪　8月17日午前5.40

平岡定海・東大寺長老揮毫の「すめろきの御代栄えむと……」歌碑。天平ロマン館庭に。

第四章 北陸・山陰

荒波につのる望郷

口語訳・解説＝富田敏子

妻とわかれた人麻呂の心情は、
日本海石見のこの荒涼たる風土と
まつたく密着して、
荒れた茫漠とした海景が、
そのまま人麻呂の心情の音楽と
相和するごとくである。

……越の国の万葉はまつたく
家持によつてささへられたし、
家持はしなざかる越の風土のゆゑに、
歌人家持を育成させることができ、
歌のひとつのピークに
達することができたのだ。

（犬養孝『萬葉の風土　続』）

机島（つくえじま）

❖石川県七尾市中島町

所聞多禰の　机の島の
しただみを　い拾ひ持ち来て
石もち　つつき破り
速川に　洗ひ濯ぎ
辛塩に　こごと揉み
高坏に盛り　机に立てて
母にあへつや　目豆児の刀自
父にあへつや　身女児の刀自

——能登国の歌［巻十六—三八八〇］

七尾湾西湾に浮かぶ机島、船から望む。

【口語訳】香島根の机の島のしただみを、拾って持ってきて石で殻をつついて破り、速い流れで洗ってすすぎ、塩でごしごし揉み、高脚の器に盛り机にのせて、母さんにさしあげたかね、かわいい娘さん、父さんにさしあげたかね、きれいなお嫁ちゃん。

机型の石がある机島。犬養は幼女の「ままごと歌」だと言った。試しに二句ごとに調子をつけ、うたうとよい。シタダミは長さ約3センチの巻貝。両親が漁をする間、こどもは机島と種子島の間の浅瀬で貝をバケツいっぱいとるのが、近年まで土地の習慣だった。この歌も大伴家持が能登巡察時に集めた歌かもしれない。

バテイラともいわれる小螺（しただみ）は3〜5cmほどの小さな巻貝。

犬養孝揮毫、机島の万葉歌碑。

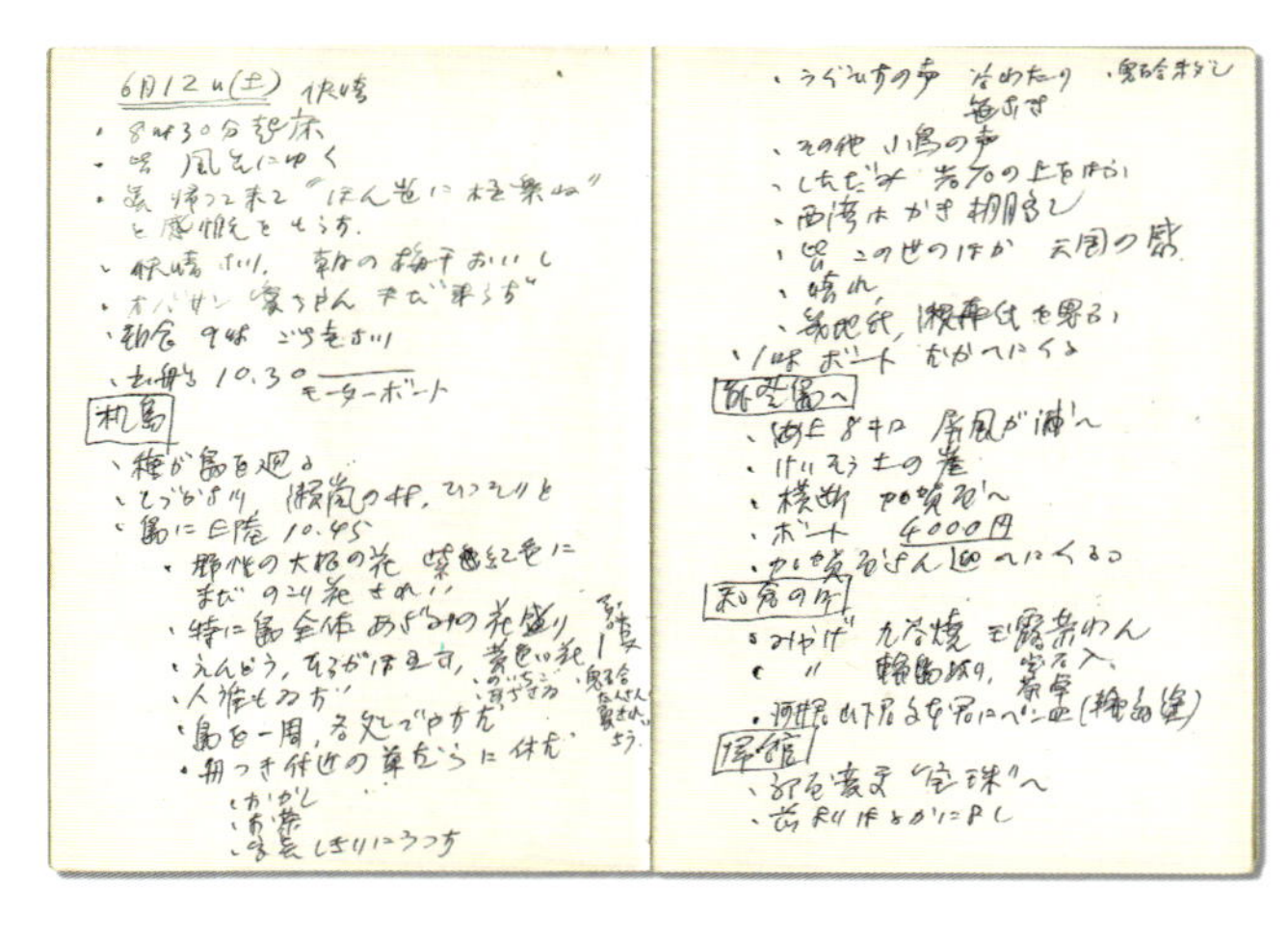

「取材ノート」昭和40年6月12日
［左頁］……机島　種が島を廻る／しづかなり、瀬嵐の村、ひっそりと／島に上陸／10.45／野性の大根の花　紫紅色に／まだのこり花きれい／特に島全体あざみの花盛り／えんどう、ひるがほ五六、黄色い花　のいちご　あぢさゐ……／マダ咲カヌ／人誰もゐず／島を一周各処でやすむ／舟つき付近の草むらに休む／おかしお茶　写眞しきりにうつす
［右頁］うぐひすの声　谷わたり……／その他　小鳥の声／しただみ　岩石の上をはふ／西湾はかき棚多し／皆　この世のほか　天国の感／晴れ／幾地氏、瀬森氏を思ふ／1時　ボート　むかへにくる……

彌彦神社

新潟県弥彦村

伊夜彦　おのれ神さび　青雲の
たなびく日すら　小雨そほ降る

伊弥彦　神の麓に　今日らもか
鹿の伏すらむ　皮服着て　角つきながら

——越中国の歌［巻十六—三八八三・三八八四］

【口語訳】

伊夜彦山はおのずと神々しく、青雲がたなびく日でさえ小雨がしとしと降る山だ。

伊弥彦神の山麓に、今日も鹿が伏しているだろうか、毛皮の服を着て角を付けたままで。

雨霧の彌彦神社本殿。

一首目、神域後方にそびえる神体山・弥彦山にうす雲が棚引く日でも小雨が降ると、神々しさをうたう。二首目は万葉集ただ一首の仏足石歌体。鹿皮を着て神に畏れいる様を祭りの場で演じたのだろうか。弥彦山は雪雲や霧に隠れることも多い。犬養は昭和三十七（一九六二）年二月十三日早朝、夜汽車でJR弥彦駅に着き、雪降りしきる中、彌彦神社に参拝した。

古代からの信仰を感じさせる彌彦神社の鹿。

おそらく大宝以前からの古い神事歌謡であったろう。皮服（かわごろも）をつけ角（つの）をつけての鹿の舞も思われて、古代地方庶民の伊夜彦に寄せる信仰と敬愛のしのばれる貴重な歌謡だ。鬱蒼（うっそう）とした神域の背後に見あげるような山頂を望むとき、両歌は神の麓に定着して、神厳ななかにも親愛感のもたれた古代信仰の実態が「皮服（かわごろも）着て」そこにおどり出るようである。

（『改訂新版 万葉の旅・下』）

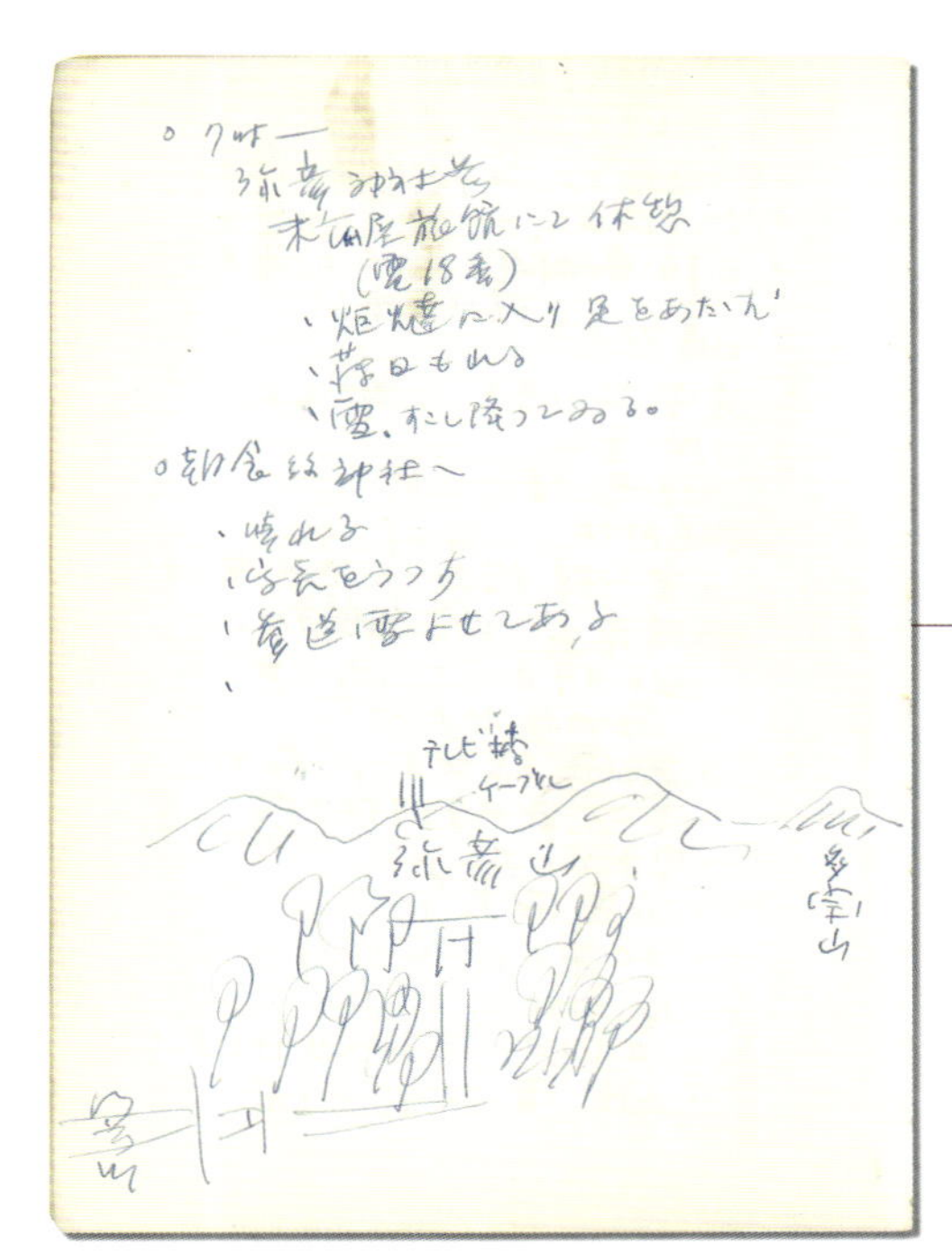

「取材ノート」昭和37年2月13日

7時　弥彦神社前／末広屋旅館にて休憩（電18番）／炬燵に入り足をあたたむ／薄日もれる／雪、すこし降ってゐる／朝食後　神社へ／晴れる／写真をうつす／参道雪よせてある　〈地図内　テレビ塔／ケーブル　弥彦山　多宝山／門前川〉

渋谷の崎

富山県高岡市

馬並めて　いざ打ち行かな　渋谿の
清き磯廻に　寄する波見に

——大伴家持［巻十七—三九五四］

【口語訳】
馬を並べ、さあ行こうよ、
渋谷の清らかな磯辺に、寄せる波を見に。

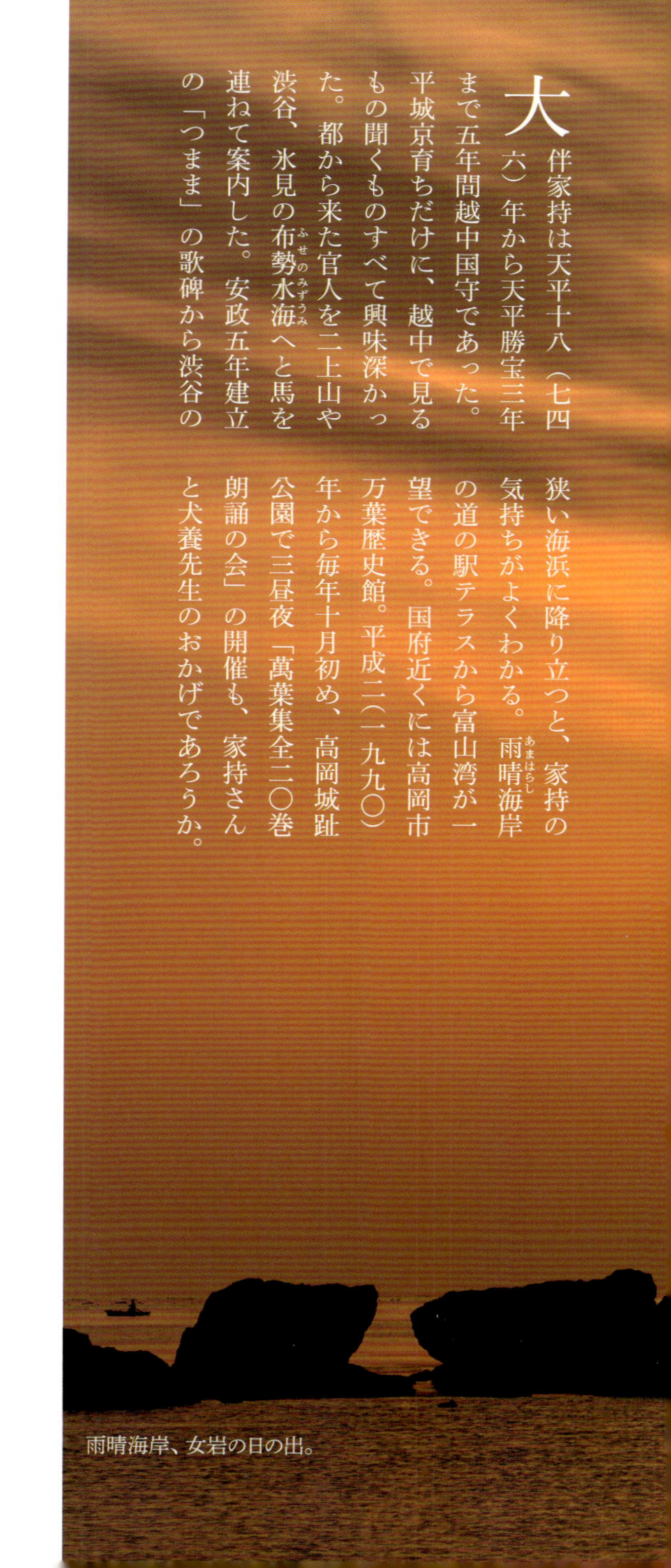

大伴家持は天平十八（七四六）年から天平勝宝三年まで五年間越中国守であった。平城京育ちだけに、越中で見るもの聞くものすべて興味深かった。都から来た官人を二上山や渋谷、氷見の布勢水海へと馬を連ねて案内した。安政五年建立の「つまま」の歌碑から渋谷の狭い海浜に降り立つと、家持の気持ちがよくわかる。雨晴海岸の道の駅テラスから富山湾が一望できる。国府近くには高岡市万葉歴史館。平成二（一九九〇）年から毎年十月初め、高岡城趾公園で三昼夜「萬葉集全二〇巻朗誦の会」の開催も、家持さんと犬養先生のおかげであろうか。

雨晴海岸、女岩の日の出。

家持の「二上山賦」に「すめ神の裾廻の山の渋谿の崎の荒磯に」（巻十七―三九八五）とあるように二上山系の北の出崎に当り、男岩・女岩などの奇岩に富んだ佳景の岬だ。（中略）……左手に能登半島、右手に立山連峯を望み、清い荒磯にはいまもしくしくに白波が寄せている。

（『改訂新版 万葉の旅・下』）

「取材ノート」昭和37年2月13日

筒石―吹雪、流る／波浪高し／高岡着18.55　高岡までずっと雪　吹雪になる／高岡19.17―雨晴19.45／雨晴亭／渋谷　波高し／ここ数日時化／雪　去年（36年）は六尺位／松田江神社まで高岡市／漁―鰤　最大―さんま　まづい／あゆの風―今も北風をアイノカゼ／今日もアイが吹く／つままの碑　もとは街道　道路工事で7、8年前移動／岩崎鼻／からす湯まだあり／神代温泉―わかし湯／鬼蓮　ほとんど無し／放生津　ホウジョウヅ　今もナゴといふ

かたかごの花

❖富山県高岡市

もののふの
八十娘子らが
汲みまがふ
寺井の上の
かたかごの花

——大伴家持［巻十九—四一四三］

【口語訳】
群をなして乙女たちが水を汲み、
さざめき、寺の井戸辺に咲くかたかごの花よ。
（もののふの＝八十の枕詞）

「もののふの」は朝廷に仕える文武百官のように多いことの枕詞。乙女の姿から寺の井戸端、かたかごの花へと焦点がしぼられる。犬養が

北国の春を告げる
かたかご（かたくり）の花。

勝興寺 本堂。

弥彦から高岡市伏木赤坂の近藤氏宅を訪ねたのは昭和三十七（一九六二）年二月十四日。やっと、かたかごの咲いた場所を確かめた。整備した遺跡に、いまは井戸枠と犬養揮毫の万葉歌碑が建つ。国府があった勝興寺そばの「かたかご幼稚園」や市民らは「かたかごの花」の曲を愛唱歌としている。

台地は近年急速に市街化し雑木林も大半きられてきたが、国庁付近では伏木一宮七六三の二の近藤治七郎宅庭中の雑木林にだけかたかごの群落自生地がある。台地をくまなく探し林の中に開花を見出し歓声をあげてみれば、それは近藤宅の庭中であった。いまの三月末ごろ白い斑点のある二葉の匙型の葉を出し、四月中旬紅紫色の花をひらき五月中ごろには地上から姿を消す。赤坂谷の清泉とは〇・一キロとないこの崖の自生は貴重といわねばならぬ。（『改訂新版 万葉の旅・下』）

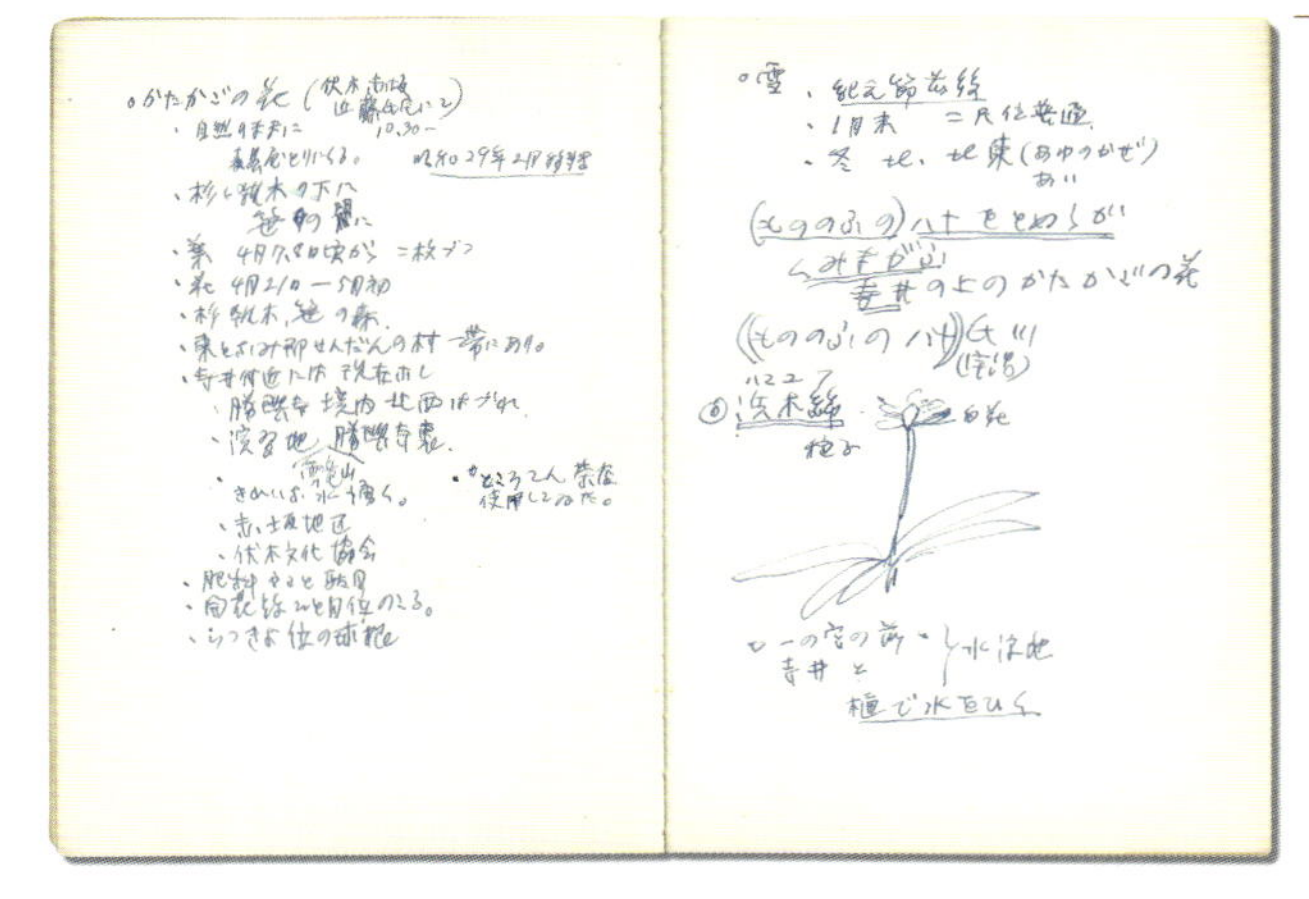
「取材ノート」昭和37年2月14日

かたかごの花（伏木赤坂近藤氏宅にて10.30）　自然のままに　表具屋とりにくる　昭和29年2月移株／杉と雑木の下に　笹の間に／葉　4月7、8日頃から二枚づつ／花4月21日―5月初／杉、雑木、笹の森／東となみ郡せんだんの村一帯にあり／寺井付近には現在なし／勝興寺境内北西はづれ／演習地　雲竜山勝興寺裏／きれいな水湧く／ところてん茶店使用してゐた／赤坂地区／伏木文化協会／肥料やると駄目／開花後ひと月位のこる／らっきょ位の球根……／（もののふの）八十をとめらがくみまがふ寺井の上のかたかごの花／（もののふの八十）氏（宇治）川／浜木綿　種子／一の宮の前と寺井と　水源地／樋で水をひく

石見の海

島根県江津市

石見の海　角の浦廻を
浦なしと　人こそ見らめ
潟なしと　人こそ見らめ
よしゑやし　浦はなくとも
よしゑやし　潟はなくとも
鯨魚取り　海辺をさして
和多豆の　荒磯の上に
か青く生ふる　玉藻沖つ藻
朝羽振る　風こそ寄せめ
夕羽振る　波こそ来寄れ
波のむた　か寄りかく寄り
玉藻なす　寄り寝し妹を
露霜の　置きてし来れば

石見の長い海岸線、真島海岸。

この道の　八十隈ごとに
万度　かへり見すれど
いや遠に　里は離りぬ　いや高に
山も越え来ぬ　夏草の
思ひ萎えて　偲ふらむ
妹が門見む　靡けこの山

——柿本人麻呂［巻二—一三一］

【口語訳】石見の海、角の浦辺（湾入）を浦がないと人は見るだろう、潟がないと人は見るだろう、浦はなくてもかまわない、潟はなくてもかまわない、（鯨魚取り＝海の枕詞）海辺を目指して（にきたづの＝磯の枕詞）荒磯の上に青く生える玉藻・沖の藻は、朝吹く風に寄せてくるだろう、夕べに吹く波にこそ寄せてくるだろう、波とともに、あちこちに寄り、玉藻のように寄りそって寝た妻を（露霜の＝置くの枕詞）置いてきたので、この道の多くの曲がり角ごとに何度も何度も振り返って見るが、いよいよ遠くに里は離れた、いよいよ高く山も越えてきた、妻は夏草のように思いしおれて私のことを偲んでいるだろう、妻の家の門を見たい、なびいてくれ、この山よ。

人麻呂を祀る益田市の柿本神社。

万葉集でも句数の多い長歌。犬養は熊本の旧制五高時代から暗唱し、東京帝国大学（現・東京大学）の入試にこの歌を書いた。和木海岸から南、島ノ星山（四七〇メートル）が人麻呂のうたう「靡けこの山」。山が靡いて低くなり、妻の家が見えるはずもない。大和へ帰郷する人麻呂の、石見の妻への思慕の強さが山をも動かそうとしたのである。

ここより西方、益田市の高津には柿本神社があり、石見一帯にかけて人麻呂は民間信仰の対象となって〝人麻呂さん〟とよばれている。江津市はこんにち近代工業都市として日ごとに隆盛になっているが、真島の砂山に立てば東西ともに波音さえ人麻呂の楽を奏するようである。（『改訂新版 万葉の旅・下』）

因幡国庁跡

❖鳥取県鳥取市国府町

新しき　年の始の　初春の
今日降る雪の　いや重け吉事

——大伴家持［巻二十—四五一六］

【口語訳】
新しい年の始めの初春の、きょう降る
雪のように良いことが重なりますように。

万葉集の最後を大伴家持はこの歌で締めくくった。家持は天平宝字二(七五八)年、四十一歳で因幡守に赴任。翌年正月一日は太陽暦二月六日、十九年に一度の立春が重なった。国庁の新年の饗宴で「良きことよ重なれ」と願い、巻を閉じた。雪深い国庁跡では因幡山を背に朱塗り柱が並ぶ。『万

雪の因幡国庁跡。

葉の旅』の写真は現地から連絡を受け撮影に赴いている。国府町に因幡万葉歴史館が平成六（一九九四）年に開館。中庭に犬養揮毫のこの歌碑もある。

因幡国庁跡碑前の犬養孝。

山陰沿線は防雪林を設けているほど雪が多く、この付近も二月中はほとんど根雪の消えるときはない。日本海からおくられる寒風に、密度も濃く積雪度もはやく一夜で一メートルにおよぶことさえある。「地に積むこと数寸」の奈良とはくらべものにならない。延喜式の行程「上十二日、下六日」。天ざかる異土の因幡でむかえたはじめての元日、野も里も白一色の中に、国守家持の双眸（そうぼう）にうつる雪片の飛来も想像できるではないか。（『改訂新版 万葉の旅・下』）

第五章 山陽・四国・九州

はるか海の廊下の旅路

口語訳・解説＝山内英正

瀬戸内海が〝海の廊下〟といわれるように、
東西交通の要路であり、
万葉の時代には、難波津を出船地として、
四国・筑紫派遣の官人や、
遣唐使・遣新羅使人・防人らの
往還の道であった。
もちろん、こんにちのような
観光瀬戸内海ではなく、
扁舟に身をゆだねる旅人にとっては、
無数の島々も風光絶佳の対象ではなく、
内海を東から西まで
ほとんど一と月におよぶ、潮と波と風の
恐怖にみちた苦難の船旅であった。

（犬養孝『萬葉の風土　続々』）

唐荷の島 P.90
牛窓 P.92
風早の浦 P.94
倉橋島 P.96
熟田津 P.102

祝島
P.98
角島の瀬戸
P.100
金の岬
P.106
蘆城野
P.104
志賀島
P.108
壱岐島
P.110
竹敷の浦
P.112
三井楽
P.114
薩摩の瀬戸
P.116

唐荷の島

❖兵庫県たつの市御津町

玉藻刈る　辛荷の島に　島回する
鵜にしもあれや　家思はざらむ

——山部赤人［巻六—九四三］

【口語訳】
玉藻を刈る唐荷の島のまわりで魚を捕る鵜であったなら、家のことを思わないで、こんなにも憂うことはないであろう。

難波を出航した山部赤人一行は、津田の細江（姫路市、船場川河口の入江）で風待ちをしてから、唐荷島を通り過ぎていった。作歌年は不明であるが、伊予国への下向時の作と推察されている。犬養は「辛荷島歌考」(『萬葉の風土　続』)

賀茂神社から見る（左から）地、中、沖の唐荷島。

で、一連の長歌・反歌（巻三―九四二〜九四五）の構成について考察している。長歌は船の進行方向に、反歌三首は逆方向に移動風景的ないしパノラマ型に展開して旅愁望郷を詠う。室津の藻振鼻には、犬養揮毫のこの万葉歌碑がある。歌碑の背後に唐荷島と家島群島が展開する。犬養は室津港から小さな漁船に乗って沖の唐荷島に渡り、半日のんびりと潮干狩りを楽しんだことがある。

室津で船をかりて唐荷の三島をめぐり、沖ノ唐荷の岩礁などに上陸してみれば、淡路あたりからの海藻採りの船も見られ、〃大和〃へのぼる機帆船に、ふと熊野船を幻想できないものでもない。
（『改訂新版 万葉の旅・下』）

「取材ノート」昭和36年10月15日
沖のからに　36.10.15　午前10時／なのりその花　岩に一杯あり　魚も見ゆ／晴　家島も見える／釣船多し／かに、磯の間にエビ／ひよどりの声／地と中の間の汐の流れ／松（島の松）

牛窓（うしまど）

❖岡山県瀬戸内市牛窓町

牛窓（うしまど）の
波の潮騒（しほさゐ）
島とよみ
寄そりし君に
逢はずかもあらむ

——作者未詳［巻十一—二七三二］

【口語訳】
牛窓の波の潮騒で
島が鳴り響くように、
噂が鳴り響いて、
私との関係が
言い寄せられたあなたは、
逢ってくださらないのでしょうか。

潮騒とともに五香宮の高台から牛窓港をながめる。中央左は前島。

「物陳思歌」（物に寄せて思を陳べたる歌）の「天地部」で、島・浦・磯・岸や波を詠みこんだ歌の一首。潮騒は潮がぶつかって生じる波の音。男は世間の噂話にたじろいで妻問いを躊躇するようになった。それで女の嘆きは強くなった。こんにち牛窓は「日本のエーゲ海」として、盛んに町おこしを行っている。かつての鄙びた漁師町には、明るくモダンな建物が目につくようになった。犬養は木造の漁師町の風情を好み、岬の突端で潮騒に耳をそばだてた。

牛窓の万葉歌碑と前島。

港の東端に立って見ていると、前島につづいて黒島・中ノ小島・端ノ小島と西に低い島山が並んで、西からの潮が動きはじめるや潮流は急にさわさわと音立てて狭い瀬戸に流れこみ、港がしずかだけに潮騒も高く、それにまじる艪の音も高く、低い島は潮の〝波折〟とかさなって「牛窓の波の潮騒島響み」をそのまま現出する。

（『改訂新版 万葉の旅・下』）

「取材ノート」昭和37年7月14日

牛窓　37年7月14日　晴／大阪発8.50準急　高橋さんと／岡山着　11.24　〈地図中　前島　黒島　中の小島　端の小島　八幡社（五香宮）東寺　神功皇后　トモヅナトラレタ石　牛窓〈バス停留場　本蓮寺〉／今はさびれている。本瓦葺の家／“昔は女郎屋6軒あった”／漁船　釣船／牛窓の瀬戸　汽船通る／速瀬　あまり早くない／海の色青し／石段に赤い花／前島は半農半漁　黒島ハ5、6軒の家のみ／午后3.30発バスでかへる。

風早の浦

広島県東広島市安芸津町

風早の浦、
牡蠣いかだが浮かぶ。

我が故に　妹嘆くらし　風早の　浦の沖辺に　霧たなびけり

——遣新羅使人［巻十五―三六一五］

【口語訳】
私のことで妻は嘆いているらしい。風早の浦の沖辺に霧が立ちこめている。

天平八（七三六）年六月、遣新羅使は難波を出航し、安芸の国に入ると風早の浦に停泊した。すると、沖から激しく吹いてきた風に運ばれてきた海霧に、我が身が包まれた。海霧は夫のことを案じる家の妻の溜息である。犬養が取材に訪れたころは、JR風早駅の周囲には田畑が広がり、蒸気機関車が二両の客車を牽引していた。生前、犬養はこの歌の歌碑建立のために揮毫を頼まれて墨書を手渡したが、いまだ実現にはいたっていない。

こんにち安芸津の西南の海沿いの高みに風早駅があって、その北方に風早の村（東広島市安芸津町の大字）がひろがっている。湾口に大芝島・藍之島・竜王島などが浮んでいるから、風波を避ける絶好の船泊りである。こんにち湾内には養殖のかきいかだも見られ、海岸の丘陵ではビワ・桃・蜜柑などの栽培が行われ、閑散な海景のところだ。

（『改訂新版 万葉の旅・下』）

「取材ノート」昭和36年12月26日
風速にて／正福寺山公園（安藝津駅）／カザハヤ　豊田郡安藝津（あきつ）町風早／湾内　かきいかだ／果物　ビワ、桃、みかん／風波なく、台風にやられた家なしといふ／正福寺山公園ながめよろし／島に浮ぶ／海の色よし／湾内、帆船2、3隻／関東煮一本10円　一本5円　コンニヤク／静かな海／保井清三氏（茶店）　風早駅前

倉橋島（くらはしじま）

❖広島県呉市倉橋町

我が命（いのち）を
長門（ながと）の島の
小松原
幾代（いくよ）を経（へ）てか
神（かむ）さび渡る

——遣新羅使人［巻十五—三六二一］

【口語訳】
我が命を長かれと願う、長門の島の松原はいったいどのくらい年月を経て、こんなにも神々しくあるのだろうか。

遣新羅使人一行が倉橋島の本浦に停泊すると、もうヒグラシが鳴いていた。松林や渓流を散策してしばし寛（くつろ）い

遣新羅使人も泊した倉橋島の桂浜。

だ時の歌であろう。こんにち整備された桂浜の遊歩道を散策すると、昭和十九（一九四四）年建立の巨大な「萬葉集史蹟長門島之碑」が目を射る。また「長門の造船歴史館」には、平成四（一九九二）年に地元の船大工によって造られた復元遣唐使船があり、往時を体感することができる。近くの「万葉植物公園」には、遣唐使船を横から見立てた形の万葉歌碑もある。倉橋町の町制施行四十年を記念して、犬養孝がこの歌を揮毫した。

海岸線の屈曲の多い島だから一行の泊地を南岸のどこと定めがたいが、本浦（ほんうら）（呉市倉橋町）などではなかろうか。風早の浦から好天ほぼ一日の航程に当る。そこは東西とも岬がつくる山にいだかれた湾奥の浜で、倉橋町の中心をなし、そこの桂浜（かつらがはま）は白砂青松の好風地となって松林中に万葉歌碑を立てている。こんにち夏の海水浴の時期をのぞいてはひっそりとした浜辺だ。

（『改訂新版 万葉の旅・下』）

「取材ノート」昭和36年12月26日

倉椅島に入る／6.00　音戸の瀬戸／島　みかん　霜まっ白　岩露出／朝の桂浜　本（ほん）浦　桂浜神社（かつらが浜）　まつり（8、15日）／鯛、ナマコ、一本釣……快晴　松葉の煙／漁船一網の用意／半農半漁

長門島の万葉歌碑、題詞とも八首。

祝島（いわいじま）

❖山口県上関町

家人（いへびと）は　帰りはや来（こ）と　祝島（いはひしま）
斎（いは）ひ待つらむ　旅行く我を

——遣新羅使人［巻十五—三六三六］

【口語訳】

家の人は早く帰ってくるようにと、伊波比島（斎ひ島）の名のように、身を慎んで祈っていることだろう。旅しているこの私のことを。

祝島の磯。

岩国市東方、麻里布の浦で詠んだ八首のうちの一首。通説では、伊波比島はこれから通過していく周防灘東端の祝島である。家人は主として妻を意味しているが、旅する自分も身を慎んで安全無事を祈っている。船は「佐婆の海中（周防灘）」で逆風に遭遇して漂流したが、幸いにも豊前の国の分間の浦（現・大分県中津市）に漂着することができた。島を訪ねた人は、漆喰で固めた石積み練塀に魅了される。纐纈あや監督の映画「祝の島」で知られる。犬養は生前、遣新羅使人のように、上の関から小舟に乗って中津まで漂流体験をしたいものだとよく語っていたが、実現にはいたらなかった。

「取材ノート」昭和36年11月28日
峨嵋山より　黎明の祝島　室積

「いはふ」という語は、こんにちは祝賀の意に使うが、古代にはもっと深い意味で使われた語で、身心をきよめ事のよくなるように祈るいわば予祝的呪術を行う意であった。「祝島」の名も、前記のような島の位置からいって、島の付近を通る者が島の神霊に祈って「いはふ」ところから起ったものであろう。

（『改訂新版 万葉の旅・下』）

角島の瀬戸

❖山口県下関市豊北町

角島の
迫門の稚海藻は
人の共
荒かりしかど
我が共は和海藻

——作者未詳［巻十六—三八七一］

【口語訳】
角島の瀬戸で採れたワカメは、他の人には荒々しい荒海藻かもしれないが、私には柔らかい和海藻だよ。

激しい潮流は良質のワカメを育てる。角島のワカメは平城宮跡木簡や『延喜式』の「内膳司」にも登場する、長門の国の特産物であった。他人には

瀬戸には岩礁が多く、日本海の海流に加えて急潮の波の荒いところ、それだけに海産も豊富なところだ。こんにちもワカメの産地としてきこえ、干潮時になると、男たちは船上から、女たちは磯に出て鎌でワカメを刈りとる姿が見られる。それはまた瀬戸の急潮とたたかいつづけてきた古代からの生活の辛さ、力強さをいまの現実に見るようである。（『改訂新版 万葉の旅・下』）

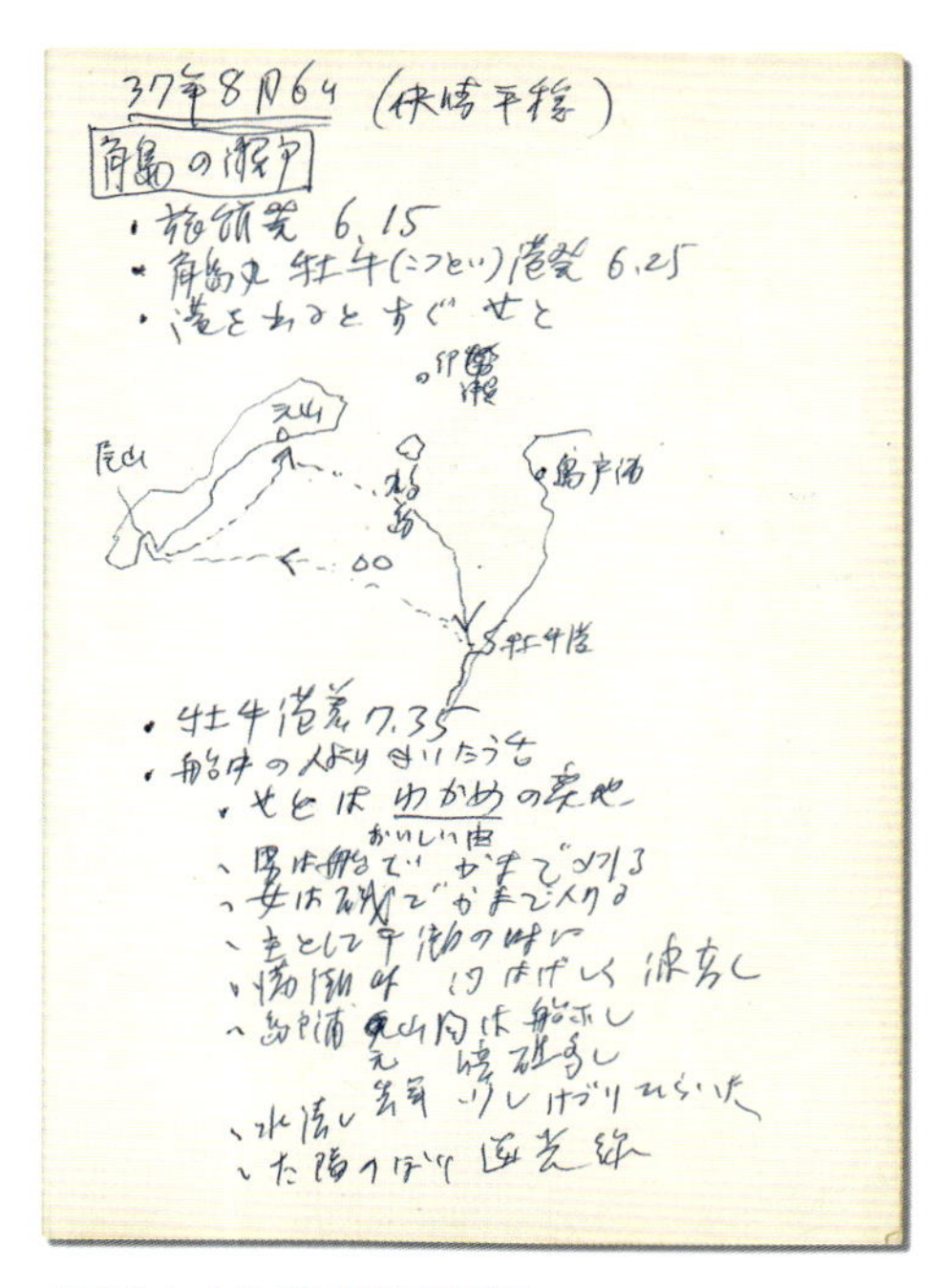

「取材ノート」昭和37年8月6日

角島の瀬戸　旅館発6.15／角島丸　牡牛（こっとい）港発6.25／港を出るとすぐ　せと〈地図中　尾山　元山　鳩島　伊瀬　島戸浦　牡牛港〉　牡牛港着7.35／船中の人よりきいた話／せとはわかめの産地　おいしい由／男は船で　かまで刈る／女は磯で　かまで刈る／主として干潮の時に／満潮時　汐はげしく波高し／島戸浦　元山間は船なし／暗礁多し／水清し　去年　少しけづりひらいた／太陽のぼり逆光線

角島大橋から見た角島と青い海。

荒々しく素っ気無い女が、自分にだけはすなおに靡(なび)いてくれると、男は惚気(のろけ)ている。犬養は取材の折、特牛(こっとい)港と角島の尾山港を結ぶ定期船の角島丸に乗船したが、時間の関係で先を急ぐため島には上陸しなかった。船中で地域の人々から話を聞き、船上からスケッチ画を描いた。平成十二（二〇〇〇）年に角島大橋が竣工し、海上ドライヴを楽しむことができるようになっている。

熟田津

愛媛県松山市

熟田津に　舟乗りせむと　月待てば
潮もかなひぬ　今は漕ぎ出でな

——額田王［巻一―八］

【口語訳】
熟田津で船出をしようと月の出を待っていると、月も出て、潮もよい具合になった。さあ、今こそ漕ぎ出そう。

斉明天皇は六十八歳の高齢にもかかわらず、天皇の七（六六一）年正月に百済救援、新羅征討のため難波津を出航した。娜の大津（博多）へまっすぐには向かわず、熟田津に立ち寄った。この歌の作者を額田王とするが、左註では斉明天皇の御製とする、額田王は天皇に成り代わって作歌する御言持ち歌人であった。満を持して出航しようとする張り詰めた空気が伝わってくる。犬養は教え子の結婚式の祝辞で、この歌をよく朗唱した。新たな門出の寿ぎである。

石湯は道後温泉だから熟田津はその近くにあった湊であろうがこんにちのどこかわからない。現松山港東方の古三津説、松山市北部の和気・堀江説、温泉西方の御幸寺山麓説、運河説などがある。地形の変化が大きく、もとは温泉近くまで海水が通じていたようだ。(『改訂新版 万葉の旅・下』)

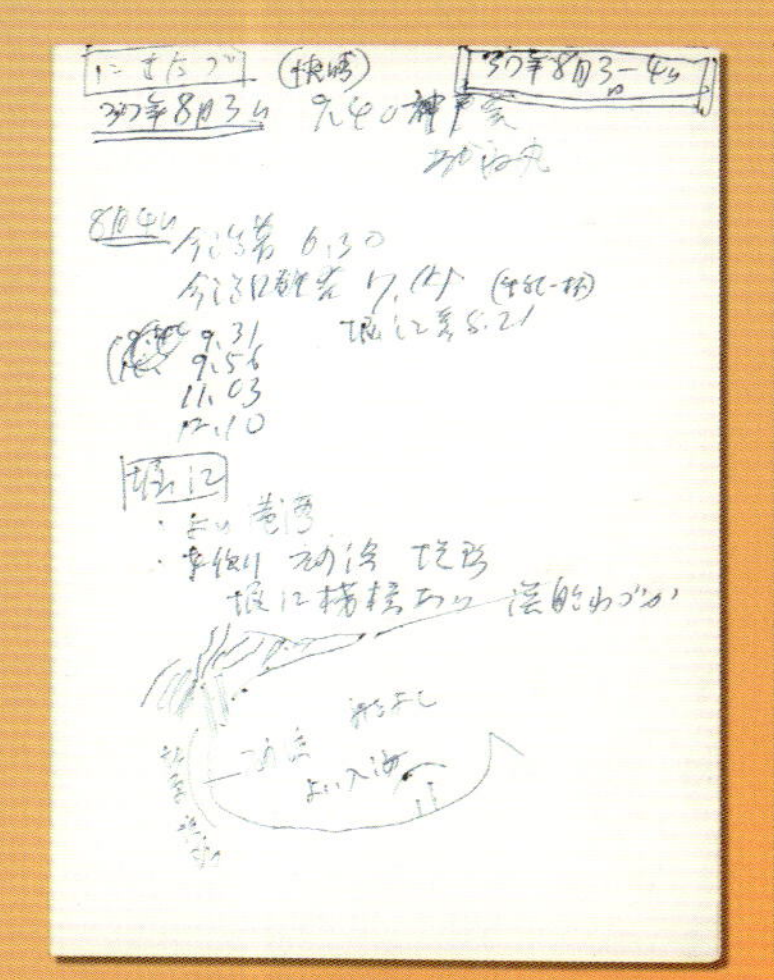

「取材ノート」昭和37年8月3日

にきたづ（快晴）37年8月3日　9.40神戸発／あかね丸／8月4日　今治着6.30　今治国鉄発7.14（牛乳一杯）／堀江着8.21……／堀江／よい港湾／堀に桟橋あり　漁船わづか……

月の出を待つ伊予灘の夕景。奥に周防大島の嵩山が。

蘆城野(あしきの)

❖福岡県筑紫野市

月夜(つくよ)良し　川の音(おと)清(きよ)し　いざここに
行くも行かぬも　遊びて行かむ

——大伴四綱［巻四—五七一］

【口語訳】
月も良い。川の音も清い。
さあここで都に帰る人も筑紫に留まる人も、
楽しく遊んでいきましょう。

“あしきの川”、宝満川。

大宰府の長官大伴旅人は天平二（七三〇）年十月一日付けで大納言に任ぜられたので、大宰府の官人たちは蘆城の駅家で予餞会を催した。旅人は十二月に出発し、水城まで見送りを受けているので、田河道を帰路とはしていない。蘆城野は大宰府の〝奥座敷〟の感がする。駅家での宴飲は定番とはいえ、筑紫に残る官人たちは望郷の念を募らせたことであろう。犬養が取材に訪れたころは「都会的なもの　何もなし　昔の農村のまま」（『取材ノート』）だったが、こんにちでは郊外住宅地となっている。

「玉くしげ蘆城の川を……」の万葉歌碑（筑紫野市阿志岐）。この近くで宴が。

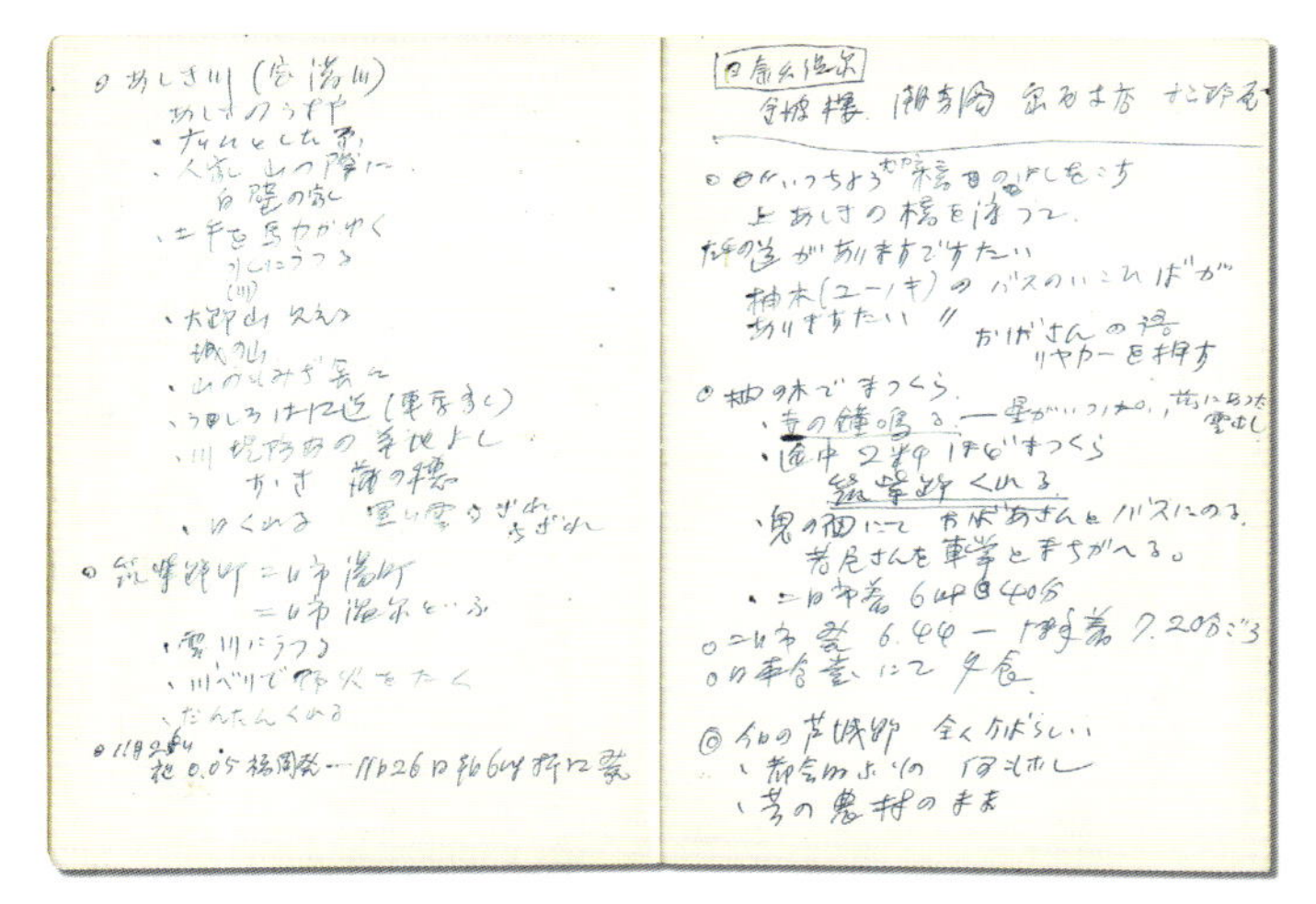

「取材ノート」昭和36年11月25日

あしき川（宝満川）　あしきのうまや／広々とした原／人家　山の際に　白壁の家／土手を馬力がゆく　水（川）にうつる／大野山見える……／筑紫野町二日市湯町　二日市温泉といふ……11月26日　夜0.05福岡発―11月26日朝6時折口発

日奈久温泉／“いっちょうむかえ橋のはしをこす　上あしきの橋を渡って、左手の道がありますですたい　柚木（ユーノキ）のバスのいこひばがありますたい”おばさんの語　リヤカーを押す／柚の木でまっくら／寺の鐘鳴る―星がいっぱい　前にあった雲なし／途中2粁ほどまっくら　筑紫野くれる／鬼の面にておばあさんとバスにのる／若尾さんを車掌とまちがへる／二日市着6時40分／二日市発6.44―博多着7.20分ごろ／日本食堂にて夕食／今日の芦城野　全くすばらしい／都会的なもの　何もなし／昔の農村のまま

金の岬（かねのみさき）

❖福岡県宗像市

ちはやぶる
金の岬を
過ぎぬとも
我は忘れじ
志賀の皇神

――作者未詳［巻七―一二三〇］

【口語訳】
（恐ろしい）金（鐘）の岬を無事に通り過ぎても私は忘れません。志賀の島の皇神様のご加護を。（「ちはやぶる」は金の枕詞）

娜の大津を出航して東へ向かう船は、鐘ノ岬（鐘崎）と地ノ島との間を通りぬけていった。鐘ノ岬は西の玄界灘と東の響灘とを分かち難所であったため、船人は志賀島に鎮座する志

賀海（かうみ）神社の海神の加護を祈った。岬の東側の砂浜は鐘崎海水浴場になっている。万葉旅行では、犬養と学生たちは人気の少ない場所で必ず水泳を楽しんだ。言わば禊（みそぎ）を済ませてから織幡（おりはた）宮に参拝し、岬の突端まで歩いた。断崖直下、荒波が音を響かせて打ち寄せる。誰でも足がすくんだ。

玄界灘を臨む山頂の織幡宮。

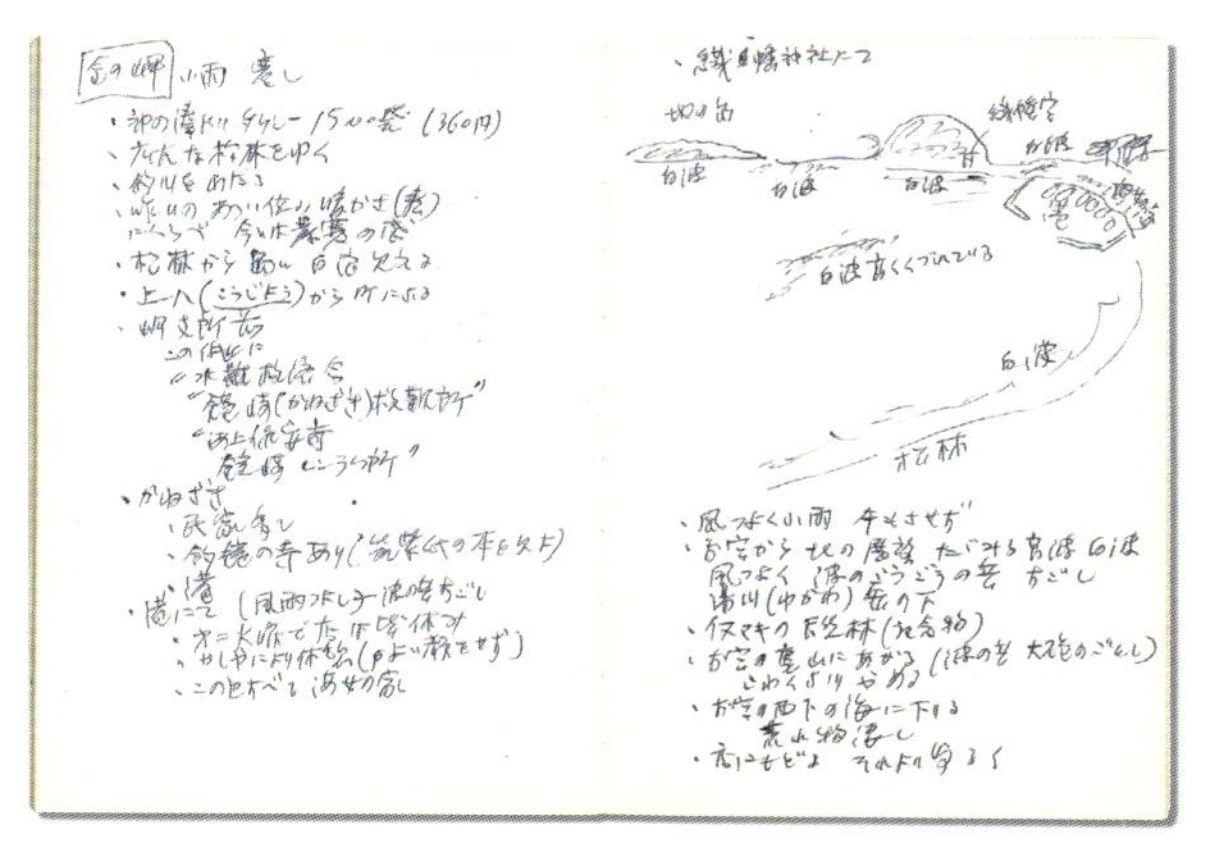

「取材ノート」昭和39年4月7日

金の岬　小雨　寒し／神の湊よりタクシー15.00発（360円）／広大な松林をゆく／釣川をわたる／昨日のあつい位の暖かさ（春）にくらべ　今日は厳寒の感／松林から島と白浪見える／上八（こうじょう）から町になる／岬支所前　この付近に“水難救済会”“鐘崎（かねざき）救難所”“海上保安庁鐘崎レンラク所”／かねざき民家多し／釣鐘の寺あり（筑紫氏の本を見よ）／港にて（風雨つよし）一波の音すごし／第二火曜で店は皆休み／かしやにより休憩（よい顔をせず）／この辺すべて海女の家
織幡神社にて〈地図中　地の島　織幡宮　白波　港　海女の家　白波高くくづれている　松林〉／風つよく小雨　傘もさせず／お宮から北の展望　たゞみる高波白波／風つよく波のごうごうの音すごし／湯川（ゆかわ）岳の下／イヌマキの天然林（記念物）／お宮の裏山にあがる（波の音　大砲のごとし）こわくなりやめる／お宮の西下の海に下りる　荒れ物凄し／店にもどる　それより歩るく

鐘ノ岬から玄界灘、地ノ島をのぞむ。

志賀島（しかのしま）

❖福岡県福岡市

海上から望む能古島と志賀島。

志賀（しか）の海人（あま）の
火気（ほけ）焼き立てて　焼く塩の
辛（から）き恋をも
我（あれ）はするかも

――作者未詳［巻十一―二七四二］

【口語訳】
志賀の海人が煙を上げて焼く塩のように、辛（から）くつらい恋を私はしている。

「寄物陳思歌」の海、より厳密には塩に寄せる歌。第三句までが「塩辛い」から「辛い（からい・つらい）」を起こす比喩的序詞となっている。この歌の左註に、太宰少弐（しょうに）の石川君子の作とする伝えを記す。犬養が取材に訪れた昭和三十六（一九六一）年、志賀島はまだ陸続きではなかった。博多から大浦まで定期船で一時間もかかった。犬養は船中で島をスケッチした。そしてタクシーで島を半周して島の略地図を描いた。

博多湾口東側の志賀島（しかのしま）（福岡市東区志賀島）は現在海の中道と砂洲でつながる周囲八キロの小島だが、天明四年（一七八四）「漢委奴（カンノワノナ）国王」の金印出土で知られるように大和朝廷成立以前から奴国（な）に属して大陸との交渉をもっていた。いま西岸に「金印発光之処」の碑がある。古代には北九州海域にわたる海人族の根拠地であって、その長阿曇氏（あずみ）の一統がまつる志賀海神社（しかうみ）（島の東南勝山）はわたつみの神として深い信仰をあつめていた。鐘ノ岬（かね）の歌に見える「志賀（しか）の皇神（すめかみ）」がそれだ。大宰府官人や遣新羅使人らの往還で〝志賀（しか）のあま〟は大宰府周辺はもちろん京（みやこ）にまでもひろく知られていたのだろう。

（『改訂新版 万葉の旅・下』）

“わたつみの神”として深い信仰をあつめていた
志賀海神社の遥拝所。

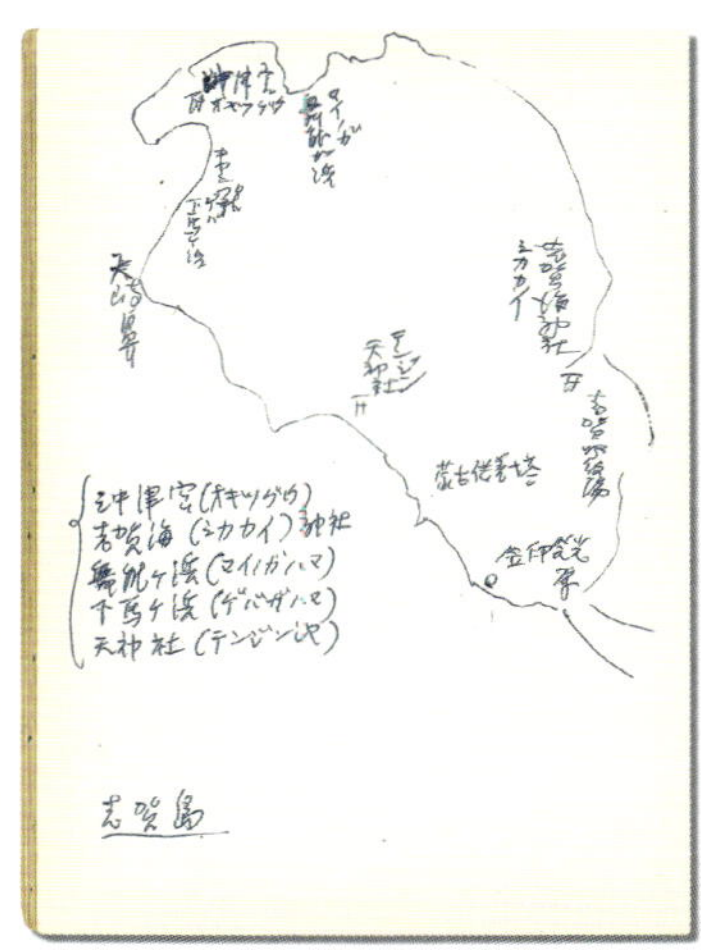

「取材ノート」昭和36年9月24日　志賀島　船中にて　大岳
志賀島　沖津宮（オキツグウ）／志賀海（シカカイ）神社／舞能ケ浜（マイノガハマ）／下馬ケ浜（ゲバガハマ）／天神社（テンジンシャ）〈地図中　沖津宮（オキツグウ）　舞能ケ浜（マイノガハマ）　キャンプ場　下馬ケ浜（ゲバガハマ）　大崎鼻　天神社　志賀海神社（シカカイジンジャ）　志賀野牧場　蒙古供養塔　金印発見碑〉

※粕屋郡志賀町は現・福岡市東区志賀町

壱岐島(いきのしま)

❖長崎県壱岐市

新羅辺(しらきへ)か　家(いへ)にか帰る　壱岐(ゆき)の島　行かむたどきも　思ひかねつも

――六鯖(むさば)［巻十五―三六九六］

【口語訳】

新羅へ行こうか、それとも家に帰ろうか。(壱岐(ゆき)の島)これから行く手だてすらも分からない。

(「壱岐(ゆき)の島」はゆき―ゆかむの同音による枕詞)


壱岐島の印通寺港。

遣新羅使一行の雪連宅満は鬼病にかかって壱岐島で亡くなり、石田野に葬られた。悲劇はさらに続いた。大使は帰路対馬で病死し、副使も罹患して入京が遅れた。昭和四十四（一九六九）年八月、大学紛争のさなかに、少人数で初めて「壱岐・対馬万葉旅行」を行なった。犬養の大阪大学定年退官が翌年三月にせまっていたので、思い切って実施した。〝けんとうしの墓〟に一同到着するや否や、数百のセミが一斉にしぶきを散らしながら飛び去った。

壱岐島誕生神話の八本の柱のひとつといわれる左京鼻。

壱岐 勝本港

「取材ノート」
昭和36年9月22日
壱岐　勝本港

壱岐の島は最高処でも二一三メートル（岳の辻）で全島低い丘陵におおわれ、森にかこまれた農家の耕地には黒牛が点々、対馬の荒涼にくらべて〝春〟のようにのどかに見える。郷ノ浦から引通寺に向う道の、印通寺から一キロほど手前、石田村池田の東に石田峯という小丘がある。そこは八石バス停留場から〇・三キロほど東北にはいった農家の裏の丘だ。その頂の畑にかこまれた小森のなかに村人が〝けんとうしの墓〟という古墳があって、いまも供養を怠らない。

（『改訂新版 万葉の旅・下』）

竹敷の浦

❖長崎県対馬市

黄葉の　散らふ山辺ゆ　漕ぐ舟の
にほひにめでて　出でて来にけり
——玉槻［巻十五—三七〇四］

【口語訳】
もみじ葉が散っている山辺を
漕いでいく船の見事な美しさに引かれて
参上いたしました。

秋の対馬、浅茅（あそう）湾の彩り。

秋には帰京したいと願っていた遣新羅使人一行は、対馬の竹敷の浦にようやく到達した。季節はすで九月、周辺の山々は見事に紅葉していた。しきりに散る紅葉は船を染めるかのようであった。〝にほふ〟は嗅覚ではなく視覚的意味で用いられている。最後の寄港地からいよいよ新羅へ出航する直前の宴に、地元の娘子(おとめ)も接待にやってきた。玉槻は美津島町の玉調(たまづき)出身の遊行女婦(うかれめ)とされる。帰路に船はもう一度、竹敷の浦に寄航したであろう。『取材ノート』によれば、犬養は竹敷から鶏知(けち)まで歩いている。漁船をチャーターすればよかったと後日漏らしたことがある。万葉旅行の下見に行った学生は、漁師と交渉して片道千円で乗せてもらった。

「取材ノート」昭和36年9月23日　竹敷港の奥にて　大山岳

竹敷(たけしき)へは鶏知(けち)の北の樽(たる)が浜からの定期船もあるが、大船越から入りくんだ峡湾を舟行するのにこしたことはない。万関や玉調への入江を望みつつゆく峡湾は志摩や瀬戸内海では見られない引きこまれそうな幽寂さだ。真珠いかだはあるが人家は見えない。黒ずんだ岩肌を見せた低く迫る丘のもみじは手もとどきそうである。

（『改訂新版 万葉の旅・下』）

三井楽（みいらく）

❖長崎県五島市三井楽町

……ここに、荒雄許諾し、
遂にその事に従ひ、
肥前国松浦県（まつうらのあがた）
美弥良久（みねらく）の崎より舟を発（い）だし、
ただに対馬（つしま）をさして海を渡る。
登時（すなはち）忽ち（たちま）に天暗冥（くらく）、
暴風は雨を交（ま）じへ
竟（つひ）に順風無く
海中に沈み没（い）りぬ。……

――［巻十六―三八六九の左註］

【口語訳】
……ここに、荒雄は快く承諾し、遂にその仕事を引き受けて、肥前の国の松浦の県の美祢良久の崎から船を出し、まっすぐに対馬を目指して海を渡っていった。するとたちまち空はかき曇り、暴風は雨を交え、順風を得ないまま船は海中に没した。……

白砂が美しい三井楽町、高浜の海岸。

三井楽町は低い京ノ岳がつくる熔岩台地の半島部を占め、浜ノ畔はその東側の基部に当り三井楽湾にのぞんでいる。湾奥の白良が浜は目のいたいほど白い広大な砂浜で、そのなかに黒牛が点々、ノラニンジンなどはえた砂丘の上にはあちこちに「海豚神」の墓がある。

（『改訂新版 万葉の旅・下』）

「取材ノート」昭和39年4月4日、5日

憩坂　三井楽タクシー　ケフ　ドケツト?　ドコヘユクト?　ドコヘユクノデスカ?／4月5日　小雨のち曇時々晴／朝食　のり・味ソ汁・卵・サザエ・漬物／福江発9.15／憩坂“ドケツト?”／11時役場着／三井楽にて　少しはれてくる／役場にクルマをきく、どこにもなし／柏崎まで歩るくことにする／柏崎へ　後網（あとあみ）付近／熔岩のなだらかな台地／青麦／うぐひす、大変多い　全くあちこち／椿の花　トベラ／にわとりの声／教会のカネの音　教会からのかへりの児ら“ハロー”／姫島前に見える

東シナ海を背にした柏崎の旅人の「宿りせむ野に……」の万葉歌碑。

筑前国宗像郡の宗形部津麻呂は、大宰府の命令で対馬に食糧を運ぶことになった。高齢なので滓屋郡志賀村の荒雄に頼み、任務を交替してもらった。不運にも荒雄らは嵐にあって遭難死した。通説では、山上憶良が残された妻子や仲間の白水郎の気持ちに成り代わって、十首の連作を作ったとする。三井楽町の「白良ヶ浜万葉公園」には、犬養揮毫による「大君の　遣はさなくに　さかしらに　行きにし荒雄ら　沖に袖振る」（巻十六―三八六〇）の歌碑が建立されている。三井楽は、全国の万葉故地を限なく巡った犬養が、最後に訪ねた場所である。

薩摩の瀬戸

❖鹿児島県阿久根市

隼人の
湍門の磐も
鮎走る
吉野の滝に
なほ及かずけり

——大伴旅人［巻六—九六〇］

【口語訳】
隼人の瀬戸の大岩も、
鮎がすばやく泳ぐ
吉野の滝には及ばない。

大伴旅人は薩摩国巡検時に「黒之瀬戸」に立ち寄り、潮流渦巻く光景を見た。すると吉野離宮眼下で、「白木綿花に　落ち激つ」吉野川の大岩盤を思い出した。犬養は『取材ノート』で、「大感激が根本。事実が吉野に及ばないといふのではなくて、事実は吉野以上にすばらしい。ところがはるばる遠く来てゐることの感慨深いので（望郷の感が深いので）、美しい（遠くの土地の）景に対するひとつのレヂスタンスが（逆をいふ）、〝吉野の滝に尚しかずけり〟と表出されるのだ」（句読点は編者）と解釈している。昭和四十九（一九七四）年に黒之瀬戸大橋が開通し、平成三十（二〇一八）年に「うずしお展望所」ができた。

黒之瀬戸大橋から見た渦潮。

黒ノ瀬戸は長さ三キロ、幅の狭いところは二〇〇メートル、退潮時には不知火海の海水はいっきにここを急奔するのだ。汐騒は迫った両岸にひびくようで、船上から見る渦はそこにもここにもお猪口（ちょこ）のようにまわっている。長島の、瀬戸を見晴らす丘に佐藤佐太郎の万葉歌碑のあるのも処を得ている。急潮をよそに丘の砂糖きび畑や芋畑では村人が立ち働いている。岸辺の岩には急潮にはぐれた海水が淀んで、すきとおる魚群のきびきびした廻遊がある。

（『改訂新版 万葉の旅・下』）

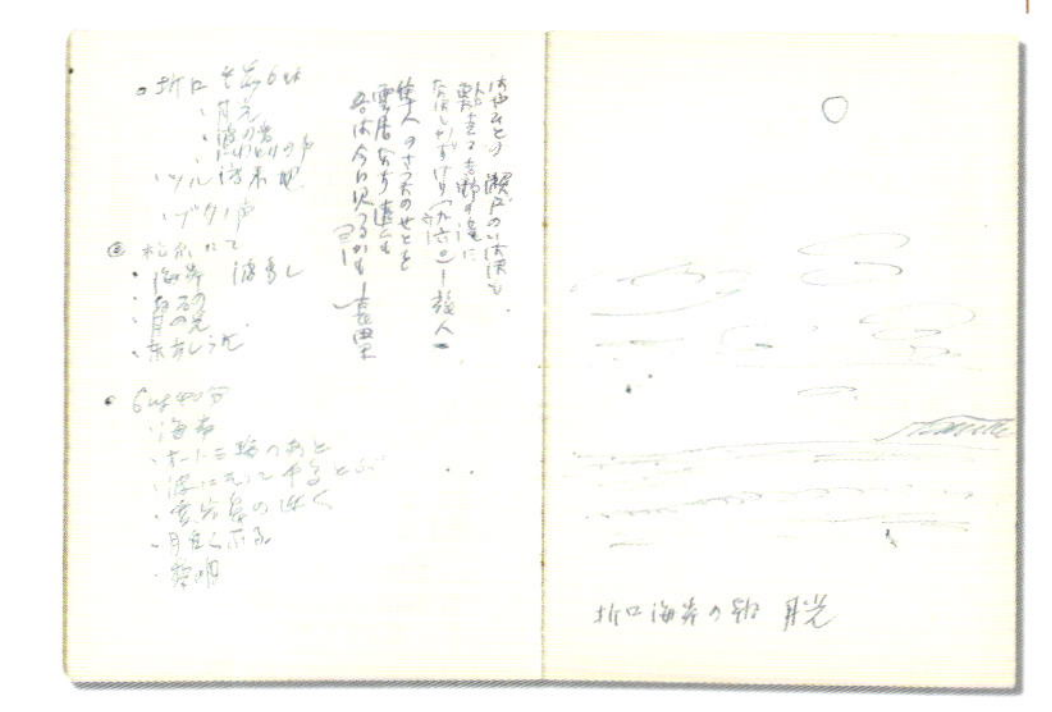
「取材ノート」昭和36年11月26日
折口　午前6時　月光　波の音　にわとりの声／ツル渡来地／ブタノ声／松原にて　海岸　波多し　白砂月の光　東方しらむ／6時40分　海岸　オート三輪のあと／波にそうて千鳥とぶ／愛宕鼻の近く／月白くなる／黎明／はやひとの　瀬戸のいはほも　鮎走る　吉野の滝に　なほしかずけり一旅人／隼人の　さつまのせとを　雲居なす　遠くも吾は　今日見つるかも一長田王

犬養孝 九十一年の生涯

文＝富田敏子

犬養孝は幼い頃から歩くことが好きだった。

青年時代は噴煙をあげる阿蘇山や日本アルプス登山で我慢と体力を養った。

その体験が全国の万葉故地を踏査する大仕事につながり、万葉風土学を提唱することになった。

〝犬養節〟と親しまれた万葉歌の朗唱、わかりやすく美しい日本語の講演。

晩年まで「ぼくは万葉のすそ野を歩いている」と話し、万葉風土を大切にしようと説いた。

厳父の薫陶、歩き始めた少年時代

明治四十（一九〇七）年四月一日、上野動物園に近い、東京市谷中清水町一番地（現東京都台東区池の端）で誕生した。父・駒太郎は熊本県出身、会津藩士の犬養家に養子に入り、明治・大正・昭和天皇の三代に仕えた宮内省帝室会計審査官。「厳格なこと、この上ない人」だった。二歳で実母が死亡。忍岡尋常小学校に入学。休日は朝早く上野を歩き始め、正午の鐘が鳴ると養母・かうの作ったお握りを食べて帰った。

私立京華中学校に進学。夏休みに房総半島や三浦半島を一周。四年生の大正十二年九月一日、始業式から帰ると関東大震災だった。上野護国院の墓地に一夜避難した。

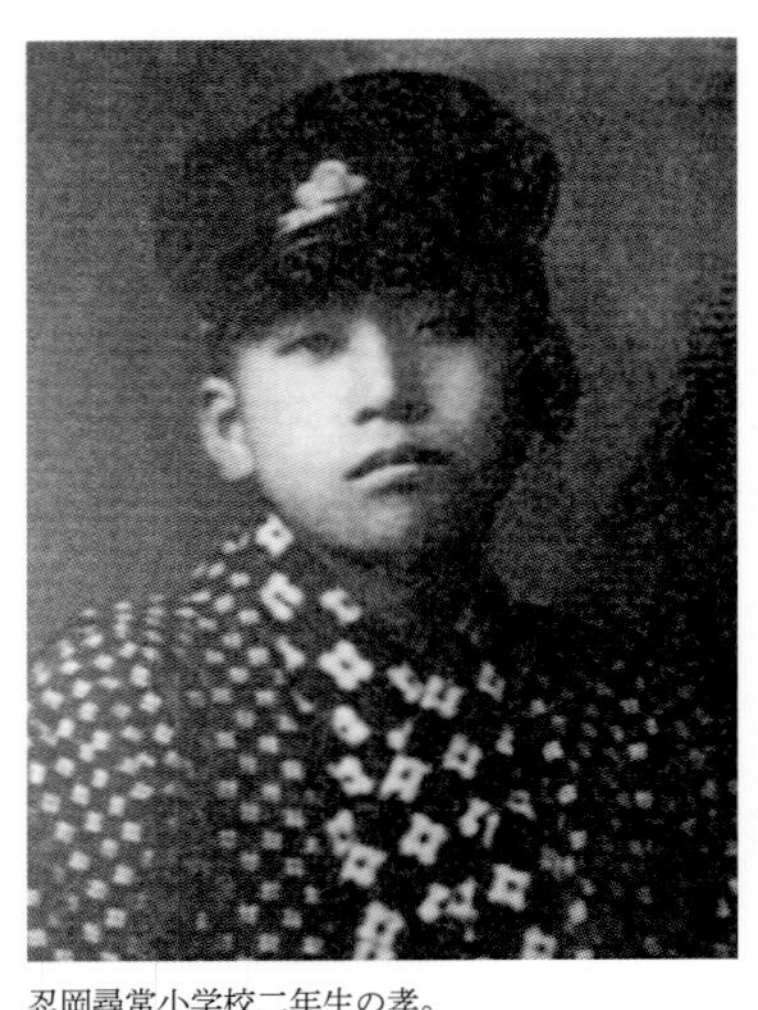

忍岡尋常小学校二年生の孝。
手鏡に空を映して歩くのが好きだった。

養母・かう。

孝は終生、この母を敬って仕えた。

父・駒太郎は熊本出身。食事中に話すな、外出には袴を付けろ、寝転ぶな、大学合格で喜ぶな、と万事に厳しかった。

熊本五高へ進学、阿蘇大噴火は勇気の源

一浪後、阿蘇の噴煙にあこがれ、熊本の第五高等学校に入学（十八歳）。背中まで髪を伸ばして帰省した孝は、反発心から父の前でタバコを吸った。父は菊の御紋入りの葉巻をくれ、孝を叱りはしなかった。孝は吸わないまま大切にし、戦中の台湾まで持参した。

五高一年の時、上田英夫先生の国語で万葉歌のすばらしさに目覚め、数首の朗唱を日課とした。

十一回目の阿蘇登山は四十年目の大噴火だった昭和四（一九二九）年一月十二日。「阿蘇の噴火は今日しかない」と学校を休み、雪中を命がけで登山。これを生涯の勇気の源とした。

大学入試に人麻呂の「石見」長歌を回答

歌を覚えるため、自己流で朗唱したのが〝犬養節〟。東京帝国大学の入試に、柿本人麻呂の三十九句に及ぶ「石見の海」の長歌を記し、「すごい一年生がいる」と誉められた。《石見の海　角の浦廻を　浦なしと　人こそ見らめ　潟なしと　人こそ見らめ　よしゑやし　浦はなくとも　よしゑやし　潟はなくとも……》（巻二―一三一）。自慢は最短二十三秒で暗唱できることだった。

大正天皇御大葬の後、父は体を壊して退職。阿佐谷の新居、父の枕元で勉強した。昭和六年九月、父は六十四歳で死去。昭和七年春、東京帝国大学を卒業。

若き教職時代――厳しく、優しい先生

世界的な金融恐慌、未曾有の不景気で、昭和七年六月（二十五歳）に神奈川県立横浜第一中学校の教職を得たのは運がよかった。生徒の予習は三冊以上の辞書を引き、宿題を忘れると廊下に立たせた。古典文法はとにかく暗記。熊本で知り合った妻・真と住む横浜市鳥越の借家〝鳥越山房〟には生徒が連日押しかけた。

十七年一月（三十四歳）、台北高等学校教授に赴任。恋愛歌も防人の望郷歌も壬申の乱も講義した。二十年三月（三十七歳）、生徒と一緒に陸軍二等兵に現地召集された。

▲神奈川県立横浜第一中学校の教え子と。横浜市の借家に生徒が毎日集まり、孝は夜中に勉強。

◀昭和二十三年から二十四年間住んだ大阪市住吉区粉浜東の自宅前で孝と妻・真（昭和二十九年七月九日）。

戦後――万葉を歩く、『万葉の旅』を出版

昭和二十一年三月、台湾から引き揚げ、大阪高等学校（大高）に奉職。「君たちあれが生駒山、万葉の故郷・大和があの向こうにある」と焼け野原の大阪で生徒を勇気づけた。大高は大阪大学南校と学制改革。孝は教養部助教授に。二十六年、大阪大学万葉旅行の会が始まった。

三十一年（四十九歳）、戦前からの論稿を『萬葉の風土』（塙書房）にまとめて出版。妻の入院生活を抱えながら博士号も取得した。

ロングセラーの『万葉の旅』全三巻（社会思想社・現代教養文庫）の出版は三十九年。出版社の依頼から五年、旅費は全て自前、休暇を費やした。

東京で開かれた『萬葉の風土』出版祝賀会で講演（昭和三十一年九月）。

「飛鳥が危ない」、保存を呼びかけ

昭和四十年、奈良県下に古都保存法が公布された。日本は高度成長期。明日香村の甘樫丘をホテル用地に求める者が現れた。開発の防波堤にという地元と、全国の教え子が孝の還暦を祝って、四十二年、孝揮毫の第一号万葉歌碑「明日香風」を甘樫丘に建てた。

孝が趣意書を書き「飛鳥古京を守る会」を発足、副会長に。文部省・大蔵省の教え子の元へ陳情を繰り返し、超党派の議員連盟が結成され、国会で証言。四十五年、佐藤栄作首相を飛鳥へ案内。五十五年、ようやく明日香古都保存特別立法が成立した。

▶『万葉の旅』出版後、晴れ晴れした表情の孝。富山県高岡市雨晴海岸で（昭和四十年七月）。

▼万葉故地の防波堤、甘樫丘に建った歌碑第一号「明日香風」の前で（昭和四十二年十一月十二日）。

万葉故地保存、揮毫歌碑が全国に

昭和四十五年、大阪大学を定年退職。四十六年、甲南女子大学教授に。万葉故地を大切にしたい人々の熱意に動かされ、歌碑が次々誕生した。北海道阿寒のツル生息地から長崎県五島市三井楽町の万葉の西の果てまで一四二基（平成二十三年）。

田中角栄首相の「日本列島改造論」により、万葉故地は危機におちいった。人麻呂長歌の石見海岸にそそぐ製紙排水公害、山部赤人の和歌浦の風致を壊す開発など、孝は抗議し署名を集め、裁判の証人にもなった。

メディアにより、万葉ブームに

講座やラジオ、テレビの番組、著書を通じ、「万葉集は時代を元に戻し、風土に即して理解し、歌うもの」と語った。わかりやすい話と、〝犬養節〟の万葉歌朗唱が評判で、数多くの万葉ファンが育った。昭和四十九年七月から放送の「万葉の旅」（関西テレビ）。五十六年一月から放送の「犬養孝の万葉散歩」（NHK奈良放送局制作）は後に全国放送となった。録音・ビデオ・CDなど、出版以外のメディアも犬養の特性だった。

五十四年十二月、昭和天皇の大和行幸で明日香村甘樫丘から万葉故地を説明し、〝昭和の国見〟と話題に。

俳優の桑山正一と太宰府で、大伴旅人と山上憶良の気分で梅花の宴（昭和四十九年七月二十日放送、関西テレビ「万葉の旅」）。

文武天皇陵前で話す孝（大阪大学萬葉旅行之会、平成十三年五月）。

情熱がまいた種、愛された万葉ウォーク

大阪大学万葉旅行の会は甲南女子大学に奉職しても続き、死後三年目の平成十三年五月、飛鳥で五十周年記念を迎えた。

市民権を得た犬養の〝万葉文化〟。昭和五十六年スタートの「万葉の大和路を歩く会」は孝が作った十二コースを基に毎月歩き、平成三十年三月で幕を閉じた。五十七年に始まった万葉ラジオウォーク（毎日放送主催）や、平成二年から始まった十月初めに三日三晩繰り広げられる富山県高岡市の「萬葉集全二〇巻朗唱の会」は、いまも続いている。孝の情熱がまいた種であった。

生涯現役の情熱、文化功労者に

昭和六十一年十一月、明日香村名誉村民。六十二年十一月、文化功労者。平成十年四月、「犬養孝最後の講義」祝賀会で引退。同年十月三日、兵庫県西宮市で永眠した。享年九十一歳。御霊は東京・谷中の墓地に父母や妻と眠っている。

蔵書約一万二千冊と愛用の品々が寄贈され、十二年四月一日、九十三歳の誕生日に、明日香村岡の南都明日香ふれあいセンター　犬養万葉記念館が開館した。

幼時を過ごした上野の住まいに近い、谷中の墓所。

この本に登場する主な万葉歌人

編＝山内英正

※歌の掲載順、丸数字は歌の掲載ページ

◆大伴旅人（六六五—七三一） ⑦㉒(116)

大伴安麻呂の第一子。弟に田主・宿奈麻呂がおり、異母の妹・弟に坂上郎女・稲公がいる。子に家持・書持・家持の妹がいる。霊亀元（七一五）年に中務卿、養老二（七一八）年に中納言となる。そして神亀四（七二七）年十二月に中納言のまま大宰帥として出発。翌年妻の大伴郎女が病死。天平二（七三〇）年十二月、大納言に任ぜられて帰京。翌年七月、薨去。『万葉集』中、長歌一首・短歌七十七首。これより多くみつもる説と少なくみつもる説がある。筑紫歌壇の中心をなし、天平二年正月には「梅花の宴」を催した。漢詩文の影響を強く受けている。

◆山上憶良（六六〇—七三三） ⑦

大宝元（七〇一）年に遣唐少録となって唐に渡った。神亀三（七二六）年ころに筑前守となり、大宰帥として赴任してきた大伴旅人と交誼を結び、意欲的な創作活動を行った。儒教や仏教の経典、漢籍に造詣が深く、『万葉集』の編纂時の資料となった『類聚歌林』を編纂した。『万葉集』中、長歌十一首、短歌六十四首、旋頭歌一首。これらの和歌以外に、漢文の詩や序文がある。

◆小野老（?—七三七） ⑦

神亀から天平年間、大宰府次官の少弐・大弐を歴任し、この地で亡くなった。『万葉集』中、短歌三首。

◆大伴百代（?—?） ⑦

天平初期、大宰府の大監（三等官）。兵部少輔（兵部省の次官）、美作守、筑紫鎮西府の副将軍、豊前守を歴任した。『万葉集』中、短歌七首。

◆張氏福子（?—?） ⑦

渡来系氏族の薬師（医師）。『藤氏家伝下（武智麻呂伝）』に方士（不思議な術を使う人）として登場する。『万葉集』中、短歌一首。

◆雄略天皇（?—?） ⑩

允恭天皇の第五子。『万葉集』や『日本書紀』には大泊瀬幼武天皇、『古事記』には大長谷若建天皇（命）などの表記がある。稲荷山古墳出土鉄剣銘・江田船山古墳出土大刀銘には「獲（復）加多支鹵大王」という文字が、前者には金で、後者には銀ではめこまれている。『宋書』では「倭王武」。大王の支配は東国から九州にまで及び、高句麗・百済・新羅間の軍事抗争にも関わりをもった。『万葉集』中、長歌一首・短歌一首。巻一の冒頭歌である長歌は、大王の実作ではない。大王に仮託した歌垣・野遊びの古代歌謡である。短歌（巻九—一六六四）も、左註に岡本（舒明）天皇の歌とする異伝が記されている。

◆柿本人麻呂（?—?） ⑯㊳㊻㊿(84)

七夕歌の一首（巻十—二〇三三）によって、天武天皇九（六八〇）年には官人として出仕していたことが分かるが、経歴は不明である。没年は平城京遷都以前と推察される。宮廷奉仕の歌人として、長歌・反歌の組み合わせの形式を確立した。『万葉集』中、長歌十八首（重出歌二首）・短歌六十六首（重出歌五首）。また、成立年未詳の「柿本朝臣人麻呂の歌集」は人麻呂の作や人麻呂が採録したとされる歌からなる。大伴家持は「山柿の門」の一人として、また紀貫之は『古今和歌集』の「仮名序」で「歌の聖」として崇めた。さらに民間では「人生まる」安産の神、「火止まる」防火の神など多様な神性が付加されていった。

◆天武天皇（?—六八六） ⑳

諱は大海人。兄の天智天皇即位により東宮（皇太子）となる。やがて政権から阻害され近江から吉野に脱出し、六七二年六月に壬申の乱を起こした。勝利の翌年、飛鳥浄御原宮で即位。天武天皇八（六七九）年には吉野で、天皇・皇后は天武系・天智系合わせた六皇子に盟約を結ばせ皇統の安泰をはかった。天武朝期、天皇親政による律令官人制が確立されていった。『万葉集』中、長歌二首・短歌三首。

◆山部赤人（?—?） ㉔(56)(90)

年代明記の歌により赤人は、奈良時代初期の神亀元（七二四）年〜天平八（七三六）年にかけて作歌したことが確認できる。『万葉集』中、長歌十三首・短歌三十六首。聖武朝前期、和歌浦・難波宮・印南野・吉野などの行幸従駕の歌を多く詠んでいる。さらに羇旅歌（旅に触発されて詠んだ歌）にも優れ、人麻呂と並ぶ「和歌三神」の一人として崇められた。近代になると叙景歌人とし絶賛された。

❖有間皇子（六四〇—六五八）㉞

孝徳天皇の皇子。中大兄皇子にとっては目障りな存在であった。斉明天皇四（六五八）年十一月三日、蘇我赤兄の謀略により反逆を企図したとして逮捕され、天皇の行幸先である牟婁の湯に護送されて尋問を受け、帰途、藤代坂で絞殺された。『万葉集』中、岩代で詠んだという短歌二首のみ。これらは実作歌ではなく、後人による仮託や伝承歌という説もある。

❖当麻麻呂の妻（？—？）㊱

夫の麻呂と妻ともに伝未詳。麻呂は大夫であったので、四位か五位の官人であった。持統天皇六（六九二）年の伊勢行幸時に、妻は従駕の夫を思う短歌一首（巻一・巻四に重出）を残す。

❖大伴家持（七一八？—七八五）㊷(72)(80)(82)(86)

天平十（七三八）年から十六年まで内舎人として出仕した。十八年六月に越中守となり、五年間の任果てて、天平勝宝三（七五一）年秋に少納言となって帰京した。越中時代に大和とは異なる風土に接し、また大伴池主との交誼も刺激となって文芸の才が花開いた。この時期には三十四首もの長歌を作った。同六年には兵部少輔（兵部省の次官）となり、翌年防人歌を収録したのであろう。しかし橘奈良麻呂の変に一族が加担したため、翌年の天平宝字二（七五八）年に因幡の国守として左遷された。そして翌年元旦に『万葉集』最後の歌を詠んだ。最晩年には中納言春宮大夫兼陸奥按察使持節征東将軍となって亡くなった。藤原種継暗殺事件に関与したとして、埋葬は許されず除名された。名誉回復は大同元（八〇六）年を待たねばならなかった。『万葉集』中、長歌四十六首・短歌四百三十一首・旋頭歌一首・連歌一首。二十巻からなる『万葉集』の編纂過程について定説はないが、家持の手を経ていることは確かだろう。

❖高橋虫麻呂（？—？）㊹

虫麻呂は西海道節度使となった藤原宇合の送別歌を詠み、さらに宇合が国守となった常陸に関わる筑波山などの歌を十一首も遺している。これゆえ宇合属官説がある。『万葉集』中、長歌十五首・短歌二十首・旋頭歌一首を数えるが、行幸従駕の歌はなく旅や伝説に関わる歌が多い。「高橋虫麻呂の歌集」の歌は、すべて虫麻呂の作と推定されている。

❖但馬皇女（？—七〇八）㊽

天武天皇の皇女。高市皇子の宮に住んでいたが、穂積皇子と相聞歌を交わした。『万葉集』中、短歌三首はこの恋愛事件に関わるものである。穂積皇子は皇女の死を悼む挽歌を残している。皇女と皇子の悲恋歌は歌物語化された。

❖麻続王（？—？）(54)

『日本書紀』には天武天皇四（六七五）年、罪によって因幡に流されたとある。別伝として、『常陸国風土記』は行方郡、『万葉集』は伊勢国伊良虞島とする。配流地は三説あったことになる。『万葉集』中、短歌一首。実作ではなく貴種流離譚の伝承歌であろう。人物の実在そのものを疑う説もある。

❖大舎人部千文（？—？）(62)

常陸国那賀郡出身の防人。天平勝宝七（七五五）年二月、上丁として筑紫に赴いた。『万葉集』中、短歌二首。

❖神人部子忍男（？—？）(66)

信濃国埴科郡出身の防人。天平勝宝七年二月、主帳として筑紫に赴いた。『万葉集』中、短歌一首。

❖額田王（？—？）(102)

大海人皇子（のちの天武天皇）の妻となって十市皇女（大友皇子の妃）を産む。斉明・天智天皇の宮廷に仕え、持統朝期まで存命していた。万葉初期を代表する歌人。『万葉集』中、長歌三首・短歌九首。私的な相聞歌もあるが、公的な集団の場で作られた歌が多い。天皇の歌を代作する「御言持ち歌人」説（伊藤博）や、天皇の資格で創作する「詞人」説（中西進）などがある。

❖大伴四綱（？—？）(104)

大伴旅人が大宰帥であったころ、防人司佑として大宰府にいた。『万葉集』中、宴席での短歌五首があるが、うち一首は古歌の吟誦である。

❖六鯖（？—？）(110)

天平八（七三六）年六月に出航した遣新羅使の一人。六鯖を六人部連鯖麻呂とする説がある。『万葉集』中、長歌一首・短歌二首。病死した雪連宅満への挽歌である。

❖玉槻（？—？）(112)

遣新羅使一行を対馬の竹敷の浦で接待した遊行女婦。上県郡の玉調の出身者と推察される。『万葉集』中、短歌二首。

この本に関連する万葉歌碑

(『萬葉二千三百碑』(万葉の大和路を歩く会　平成三十(二〇一八)年)より抜粋)

※①歌、②揮毫者、③建碑年月日、④碑概要(サイズ表記は㎝)、⑤所在地

❖**梅花の宴**(P4〜7)

①梅の花散らくはいづくしかすがにこの城の山に雪は降りつゝ②御田義清(天満宮宮司)③平元・4・2④活字体の読下し文あり。赤御影切石(130×107)全面磨き⑤福岡県太宰府市吉松三五〇—一　太宰府歴史スポーツ公園

①わが苑に梅の花散る久方の天より雪の流れくるかも②宮崎正嗣(書家)③昭52・12・13④自然石(200×160)⑤太宰府市宰府四—七—一　太宰府天満宮

①春さればまづ咲く宿の梅の花獨り見つつやはる日暮さむ②前崎南嶂(書家)③昭60・5・25④扁平な磨石(215×140)⑤太宰府市観世音寺一—一　太宰府市役所

①正月立ち春の来たらばかくしこそ梅を招きつゝ楽しき終へめ②佐藤善朗(市長)③平17・11・21④説明版有り。自然石(220×95)台石(H46)上⑤太宰府市観世音寺四—六—一　大宰府政庁址

❖**初瀬**(P10〜11)

①籠もよ美籠もちふ串もよ美ふ串もちこの岳に……家をも名をも②保田與重郎(評論家)③昭47・11・5④自然石(90×130)、枠取凹磨(51×55)⑤奈良県桜井市黒崎二〇九　白山神社境内

❖**石上**(P12〜13)

①石上布留の神杉神びにし我やさらさら恋にあひにける②元暦校本③平10・3・8④自然石(140×140)文字部分のみ各行を凹磨左側の副碑に三ヶ国語の解説碑⑤奈良県天理市杣之内町一一五　石上神宮外苑公園入口

❖**飛鳥川**(P14〜15)

①明日香川瀬々に玉藻は生いたれどしがらみあれば靡あはなくに②浅水武彦(会社員)③昭53・3・—④黒御影切石(70×100)台石上⑤奈良県明日香村祝戸三八を南西へ　玉藻橋畔

❖**阿騎野**(P16〜17)

①ひむかしの野にかきろひのたつみえてかへり見すれば月かたぶきぬ②佐佐木信綱(国文学者・歌人)③昭15・11・—④自然石(209×90)碑陰に新村出博士筆の撰文刻載　台石上⑤奈良県宇陀市大宇陀迫間　かぎろひの丘

❖**葛城山**(P18〜19)

①春楊葛城山に立つ雲の立ちても居ても妹をしそ思ふ②中野南風(書家)③昭61・3・—④自然石(160×300)⑤奈良県御所市旭町六一〇　川沿い小公園

❖**吉野山**(P20〜21)

①み吉野の耳我の嶺に時なくぞ雪は降りける……思いつつぞ来しその山道を②荒川晴男(全国万葉協会役員)③平16・3・25④木製標識　歌と犬養孝『万葉の旅』の文章を記す⑤奈良県明日香村入谷、芋峠頂上

❖**百済野**(P24〜25)

①百済野の萩の古枝に春待つと居りし鶯鳴きにけむかも②犬養孝(国文学者)③昭53・11・18④自然石(132×92)枠取凹磨(85×40)⑤奈良県北葛城郡広陵町百済一一六八　百済寺

❖**白崎**(P30〜31)

①白崎は幸くありまて大舩に真舵しゝぬきまた帰り見む②大岡皓崖(書家)③昭46・7・11④自然石(100×160)枠取凹磨(40×60)右に副碑　両碑を台座上⑤和歌山県日高郡由良町大引七一五を西へ1km、立巌付近

❖**岩代**(P34〜35)

①磐代の浜松が枝を引き結びま幸くあらばまたかへり見む／家にあれば笥に盛る飯を草枕旅にしあれば椎の葉に盛る②未詳③昭11・11・—④「有間皇子結松記念碑　蘇峰　菅正敬書」の碑陰に　自然石(195×130)⑤和歌山県日高郡みなべ町西岩代二四一の南側

❖**名張の山**(P36〜37)

①吾せこはいつく行くらむおきつ藻の名張の山を今日かこゆらむ②佐佐木信綱(国文学者・歌人)③昭32・4・8④扁平自然石(190×76)⑤三重県名張市平尾二九六一　近鉄名張駅北口

❖**答志島**(P38〜39)

①釧著く答志の崎にけふもかも大宮人の玉藻刈るらん②浜地文平(政治家)③昭47・11・3④白御影石(91×122)黒御影石(60×66)貼付　碑陰に撰文⑤三重県鳥羽市答志町三〇九　八幡神社入口

❖**波瀬川**(P40〜41)

①河上のゆついはむらに草むさず常にもがもなとこをとめにて②岡野桂照(三杉町住人)③平9・5・吉④自然石(110×130)頭頂部(幅80)⑤三重県津市美杉町川上三四九八　川上山若宮八幡神社の奥山

❖**恭仁京跡**(P42〜43)

①今造る久邇の都は山川のさやけき見ればうべ知らすらし②守屋弘斎(東大寺別当)③平8・11・7④自然石(195×205)右前に副碑(61×71)⑤京都府木津川市加茂町岡崎出垣内二五　恭仁大橋北詰　いずみ川公園

❖**唐崎**(P46〜47)

①さゞなみの志賀の辛崎幸くあれど大宮人の船待ちかねつ②佐佐木幸綱(国文学者)③平20・11・28④花崗岩(碑文面は磨き面)(80×115)⑤滋賀県大津市唐崎　唐崎神社北隣の県立公園内　唐崎苑

❖**崇福寺**(P48〜49)

①後れ居て恋ひつつあらずは追ひ及かむ道の隈回に標結へ我が背②嘉田由紀子(前滋賀県知事)③平29・11・25④自然石(132×161)⑤滋賀県大津市唐崎　唐崎神社北隣の県立公園内　唐崎苑

❖**伊良湖岬**(P54〜55)

①うつせみの命を惜しみ浪にぬれ伊良虞の島の玉藻刈り食す②鈴木翠軒(書家)③昭36・11・19④白御影切石(164×120)黒御影石(70×70)貼付け　台石上⑤愛知県田原市伊良湖町古山二八一四を南へ　灯台そば

❖**田児の浦**(P56〜57)

①天地の分れし時ゆ神さびて高く貴き駿河なる富士の高嶺を天の原振りさけ見れば　……雪は降りける／田子の浦ゆうち出でて見ればま白にそ富士の高嶺に雪は降りける②神宮文庫本③昭61・3・15④玄武岩柱状石を十数本林立させ中五本それぞれに題詞・長歌・反歌を刻す。歌はいずれも二行に記載、右より三本目が最も高い(563×65)。右端の副碑に活字体で読下し文記載。全面磨切石(138×82)⑤静岡県富士市前田四一八番地先　ふじのくに田子の浦みなと公園

❖**足柄峠**（P58～59）
①足柄の御坂畏み曇り夜の吾が下延へを言出つるかも②安藤正夫（南足柄市元市長）③昭57・10・―④自然石（140×205）碑陰に凹磨（45×57）して撰文　他に六基⑤神奈川県南足柄市矢倉沢二三九三を西へ2.5㎞　足柄万葉公園

❖**引佐細江**（P60～61）
①遠江引佐細江の澪標吾を頼めてあさましものを②なし（教科書体）③昭49・1・―④研磨した扁平石（140×47）⑤静岡県浜松市北区細江町気賀一〇二三の北細江公園

❖**鹿島神宮**（P62～63）
①霰降り鹿島の神を祈りつつ皇御軍にわれは来にしを②飯野小八郎（書家・白延）③昭57・4・―④扁平石（210×98）台石上⑤茨城県鹿嶋市宮中一―六―二七　鹿島神宮参道入口大鳥居右脇

❖**筑波山**（P64～65）
①筑波嶺に雪かも降らるいなをかも愛しき子ろが布乾さるかも②田中泰一（筑波山神社宮司）③平25・4・1④白御影石（97×33）台石（5×60）⑤茨城県つくば市筑波　筑波山神社　筑波万葉古径

❖**神坂峠**（P66～67）
①ちはやぶる神のみ坂に幣まつり斎ふ命は母父がため②北原阿智之助（痴山）③明35・9・―④自然石（110×90）台石上⑤長野県下伊那郡阿智村園原三七三八神坂神社

❖**榛名湖**（P68～69）
①上毛野伊香保の沼にうゑ子水葱かく恋ひむとや種求めけむ②佐々木心華（書家）③昭57・3・30④磨切石（94×205）台座上⑤群馬県渋川市伊香保町伊香保　伊香保温泉街　橋本ホテル前

❖**安達太良山**（P70～71）
①安達太良の嶺に伏す鹿猪のありつつも我は至らむ寝処な去りそね②未詳③天保6・閏7・21（一八三五）④自然石道標（105×100）の上部に刻載　台石上⑤福島県二本松市落合五の西側、旧三春街道沿の交差路の東角

❖**黄金山神社**（P72～73）
①天皇の御代栄えむと東なる陸奥山に金花咲く②山田孝雄（国文学者）③昭29・9・15④扁平石（285×84）台座（H70）上⑤宮城県遠田郡涌谷町涌谷黄金宮前一七黄金山神社拝殿前
①同歌②平岡定海（東大寺長老）③平6・7・10④自然石（100×170）⑤黄金山神社の前庭

❖**机島**（P76～77）
①香島嶺の机の島のしただみを……父にあへつやみめごの刀自②犬養孝（国文学者）③昭50・10・12④楕円形の磨き石（90×135）台石上⑤石川県七尾市中島町瀬嵐　机島船着場右手

❖**彌彦神社**（P78～79）
①弥彦神のふもとにけふらもか鹿のこやすらむ裘きてつぬつきながら②中山竹径（書家）③昭50・3・23④自然石（350×250）に黒御影石（60×90）嵌込⑤新潟県西蒲原郡弥彦村弥彦二八八七彌彦神社

❖**渋谷の崎**（P80～81）
①馬並めていざうち行かな渋谷の清き磯みに寄する波見に②大島文雄（国文学者）③昭38・9・9④扁平石（188×75）枠取凹磨（120×45）／篆額「萬葉史跡」台石上⑤富山県高岡市伏木一宮一―一〇の東北　気多神社

❖**かたかごの花**（P82～83）
①物部の八十少女らが汲みまがふ寺井の上の堅香子の花②犬養孝（国文学者）③昭62・10・6④自然石全面磨き（100×150）台石上⑤富山県高岡市伏木古国府一七勝興寺の北西（裏）側

❖**石見の海**（P84～85）
①石見の海角の浦廻を浦なしと人こそ見らめ潟なしと……靡けこの山②齋藤惇（書家）③平12・5・11④黒御影磨石（86×137）台石（58）上⑤島根県益田市喜阿弥町一五六九の東方　国道191号沿いのふれあい広場

❖**因幡国庁跡**（P86～87）
①新しき年の始めの初春の今日降る雪のいやしけ吉事②岩田衛（鳥取県元知事）③大11・9・―④自然石角柱（300×80）台石上⑤鳥取県鳥取市国府町庁一九五
①同歌②犬養孝（国文学者）③平6・11・6④自然石（130×170）⑤鳥取市国府町町屋七二六　因幡万葉歴史館中庭

❖**唐荷の島**（P90～91）
①玉藻刈る辛荷の島に島廻する鵜にしもあれや家思はざらむ②犬養孝（国文学者）③昭54・11・4④黒御影の切石（63×90）台石上⑤兵庫県たつの市御津町室津七四五の西方　藻振鼻

❖**牛窓**（P92～93）
①牛窓のなみのしほさゐ島とよみよさえし君は逢はずかもあらむ②田村翠雨（歌人）③昭48・7・―④扁平切石（102×218）台石（H40）上⑤岡山県瀬戸内市牛窓町牛窓二二七〇の北　牛窓海岸内鳥居右脇

❖**風早の浦**（P94～95）
①わが故に妹嘆くらし風早の浦の沖辺に霧たなびけり／沖つ風いたく吹きせば我妹子が嘆きの霧に飽かましものを②松田弘江（書家・歌人）③昭47・6・11④自然石（210×130）枠取凹磨（102×50）⑤広島県東広島市安芸津町風早三五四　祝詞山八幡神社内

❖**倉橋島**（P96～97）
①わが命を長門の島の小松原幾代を経てか神さび渡る②井上民雄（高等師範講師）③昭19・9・―④遣新羅使人の歌八首　白御影切石（約850×140）⑤広島県呉市倉橋町才の木四二三の海岸の松林に
①同歌②未詳③明33・庚子秋④左柱（400×37×35）⑤同海岸向かいの桂浜神社入口の左側標柱
①同歌②犬養孝（国文学者）③平4・3・29④自然石（137×550）⑤同海岸向いの萬葉植物公園内

❖**祝島**（P98～99）
①家人は帰り早来と祝島齋ひ待つらむ旅行くわれを／草枕旅行く人を祝島幾代経るまで齋ひ来にけむ②石丸寿子③昭54・5・25④自然石（150×300）台石上⑤山口県熊毛郡上関町祝島一〇四を東へ　祝島港の東端の広場

❖**熟田津**（P102～103）
①熟田津に船乗りせむと月待てば潮もかなひぬ今は漕ぎ出でな②元暦校本③昭42・7・5④自然石（190×350）黒御影石（92×79）嵌込⑤愛媛県松山市御幸一―四七六　護国神社拝殿左側

❖**蘆城野**（P104～105）
①月夜よし河音さやけしいざここに行くもゆかぬも遊びてゆかむ②古賀井卿（書家・狂輔）③昭48・4・1④自然石（90×210）枠取凹磨（60×99）台座上⑤福岡県筑紫野市阿志岐三〇八付近　六本松橋東詰北側

❖**金の岬**（P106～107）
①ちはやふる鐘の岬を過ぎぬともわれは忘れじ志賀のすめ神②久保輝雄（宮司）③昭37・2・11④自然石（150×370）台石上⑤福岡県宗像市田島二三三一　宗像大社拝殿左脇の神宝館前の広場

❖**薩摩の瀬戸**（P116～117）
①隼人の瀬戸の巌ほも鮎走る吉野の瀧になほしかずけり②なし（明朝風活字）③平21・3・―④自然石（126×160）⑤鹿児島県出水郡長島町山門野四〇九三　黒之瀬戸自然公園うずしおパーク内
①隼人の薩摩の瀬戸を雲居なす遠くもわれは今日見つるかも②佐藤佐太郎（歌人）③昭34・6・27④半開きの屏風状に切石を積み（246×128）磨き石（61×75）貼付⑤鹿児島県出水郡長島町山門野四三一五　黒之瀬戸大橋を渡り西側の集落に

全国の万葉ミュージアム

南都明日香ふれあいセンター　犬養万葉記念館

❖奈良県高市郡明日香村

『犬養節』と呼ばれる独特の万葉歌朗唱とともに多くの人に万葉の世界を広め、万葉のふるさと明日香を愛し、その保存に尽力した文化功労者・明日香村名誉村民の犬養孝の業績を顕彰する記念館。旧南都銀行明日香支店の蔵造りの建物を活かし、平成12年4月に開館。館内では寄贈図書(閲覧可)を含む犬養の遺品、犬養揮毫の万葉歌墨書や直筆原稿、映像・音声などを展示。会議や集会、展覧会、ミニコンサートなど多彩な用途にも開放している。オリジナルの軽食や喫茶を楽しめるカフェも併設。ここにくれば犬養ワールドに心ゆくまでひたれる。

◉近鉄橿原線「橿原神宮前駅」下車、奈良交通バスで岡寺前行き終点下車
◉TEL0744-54-9300
◉https://inukai.nara.jp/

奈良県立万葉文化館

❖奈良県高市郡明日香村

明日香の新名所となる総合文化施設。高山辰雄、平山郁夫らによる万葉歌をモチーフにした創作日本画の展示、万葉時代の暮らしなどを紹介する「万葉劇場」などがある。また調査・研究機能としての「万葉古代学研究所」と、図書・情報サービス機能を担う「万葉図書・情報室」が設置され、万葉情報の発信拠点として平成13年9月15日に開館。

◉近鉄橿原線「橿原神宮前駅」下車、奈良交通バスで10〜15分
◉TEL0744-54-1850
◉http://www.manyo.jp/

わくや万葉の里天平ろまん館

❖宮城県遠田郡涌谷町

東大寺の大仏を建立する時に用いた黄金を採取した黄金山に建つ。採金の技術など金に関する展示が中心で、砂金採りの体験もできる。大伴家持が産金を祝う歌を万葉集に残していることから、万葉最北の里としても知られる。

◉JR石巻線「涌谷駅」から
タクシーで10分
◉TEL0229-43-2100
◉http://www.tenpyou.jp/

高岡市万葉歴史館

❖富山県高岡市

高岡は大伴家持が越中国守として約5年間在任した地である。その間に築かれた「越中万葉」の世界が最新の技術を使って多面的に展開されている。万葉集関係の図書や資料も充実していて、研究や情報収集の場として活用されている。

◉JR氷見線「伏木駅」から
徒歩25分、タクシー5分
◉TEL0766-44-5511
◉https://www.manreki.com/

斎宮歴史博物館

❖三重県多気郡明和町

伊勢神宮に仕えた斎王（万葉集では大来皇女が有名）が過ごした斎宮跡にあるテーマ博物館。斎王の誕生や京から伊勢へ向かう様子、斎宮での暮らしなどが紹介されている。姉妹館では、十二単を着たり盤双六で遊んだりと平安文化に触れることができる。

◉近鉄山田線「斎宮駅」下車、
徒歩15分
◉TEL0596-52-3800（代表）
◉http://www.bunka.pref.mie.lg.jp/saiku/

片男波公園 万葉館

❖和歌山市

紀伊国万葉が展開されている。悲劇の有間皇子や和歌の浦を詠んだ山部赤人のシアターが多彩な演出をし、万葉の世界へと誘っている。パノラマのガラス窓からは和歌の浦の風景を見ることができ、万葉の時代と現代とを対比できる。

◉JR阪和線・きのくに線「和歌山駅」または南海電鉄・南海線「和歌山市駅」から和歌山バスで「不老橋」下車、徒歩10分
◉TEL073-446-5553
◉http://www.wacaf.or.jp/kataonami/
（和歌山県文化振興財団ホームページ内）

因幡万葉歴史館

❖鳥取市国府町

大伴家持が因幡の国の長官として万葉集の最後の一首を詠んだ万葉集終焉の地。家持や万葉の時代が映像やコンピュータで楽しめる。国府町の古代遺跡の展示や鳥取県近辺でしか見られない芸能を凝縮した民俗展示室もある。

◉JR山陰本線「鳥取駅」から
日ノ丸バス「因幡万葉歴史館入口」
下車、徒歩5分
◉TEL0857-26-1780
◉http://www.tbz.or.jp/inaba-manyou/

齋藤茂吉鴨山記念館

❖島根県邑智郡美郷町

柿本人麻呂終焉の地「鴨山」を探索した齋藤茂吉の偉業を顕彰。茂吉は古来、諸説ある「鴨山」を湯抱（ゆがかい）の鴨山であると考証した。館内には鴨山関係の資料、茂吉が書いたハガキや遺品・写真などを展示。水・日・祝日に開館。

◉JR山陰線「大田市駅」下車、
石見交通バス粕淵・酒谷行き
「湯抱温泉口」下車、徒歩2分
◉TEL0855-75-1070
◉http://mokichi-kamoyama.jimdo.com/

おわりに

富田敏子

犬養孝は、声に出してうたい、歩く万葉学者だった。自らの足で日本全国の万葉故地を訪ね、山に分け入り、海辺をさまよい、小舟で島へこぎ出した。

「わたくしたちは、時代をはなれて生きられないように、風土からもはなれることはできない。万葉の歌にしても同じで、より正しい、より生きた理解のためには、あたうかぎり時代をむかしにひきもどして見ると同時に、歌の生まれた風土におきなおして見なければならない」

この序文から始まる昭和三十九年刊『万葉の旅』（社会思想社・現代教養文庫）は、『改訂新版　万葉の旅』全三巻（平凡社ライブラリー、平成十五年刊）によみがえり、万葉ファンのバイブルとなっている。万葉歌と解説文、モノクロ写真の二頁見開き。千三百年前の万葉の時代と、半世紀前の日本、そして現代を旅することができる。

犬養没後二年目の平成十二年夏、自宅から「取材ノート」三十六冊がみつかった。犬養は五年以上の歳月をかけて現地踏査した。夜行列車や夜の船に乗り、駅で夜明けを待ち、午前六時に月光の海岸にいた。地元の訛りたっぷりの音頭を記録したのは、犬養の東歌（あずまうた）の世界である。

今回は『別冊太陽　犬養孝と万葉を歩く』（平成十三年刊）をなぞり、「取材ノート」に加え、『改訂新版　万葉の旅』を引用、万葉故地五十景を展開した。

「ぼくは万葉のすそ野を歩いている」と先生は謙虚に話された。奈良の帝塚山大学生時代、私は楽しく万葉集を学び、雨天も歩けと教わり、今も実行している。現地を訪ね、『犬養孝・万葉の旅取材ノート』全五篇（犬養万葉記念館に協力する会）を出版した。共同編著者の山内英正氏は大阪大学万葉旅行の会の委員だった。二人とも、こんなに永く、人々を万葉の旅に誘うとは思わなかった。

「令和元年」、犬養先生もきっと新たな人々の『万葉の旅』を喜ばれるだろう。

あをによし奈良の里。
奈良県高市郡明日香村、雷丘東方の田と彼岸花。

富田敏子（とみた さとこ）

帝塚山大学教養学部卒業。
元産経新聞記者。
万葉の大和路を歩く会代表。
全国万葉協会会長。
著書に『万葉の大和路を歩く』上下、
『萬葉二千三百碑』(ともに万葉大和路を歩く会)、
編著に『犬養孝・万葉の旅取材ノート』全五篇
（犬養万葉記念館に協力する会）。

山内英正（やまうち ひでまさ）

大阪大学文学部史学科卒業、
大阪大学大学院文学研究科博士課程退学。
元甲陽学院高等学校教諭、
犬養万葉記念館に協力する会代表、
白鹿記念酒造博物館評議員。
著書に『万葉　こころの風景』、
共著に『犬養孝揮毫の万葉歌碑探訪』
（ともに和泉書院）。

◎図版・資料 協力(順不同・敬称略)
富田敏子／石川正明／松本政樹／馬場吉久
南都明日香ふれあいセンター　犬養万葉記念館
犬養万葉記念館に協力する会
PIXTA

装幀・デザイン　椋本完二郎

校正　栗原 功

編集　竹内清乃(平凡社)
林 理映子(平凡社)
坂本裕子(アートよろづや)

本書は別冊太陽『犬養孝と万葉を歩く』
(平凡社／2001年6月刊)をもとに再編集しました。

万葉集を歩く

犬養孝がたずねた風景

2019年9月25日　初版第1刷発行

編著者　富田敏子・山内英正

発行者　下中美都
発行所　株式会社平凡社
〒101-0051
東京都千代田区神田神保町3-29
電話　03-3230-6585(編集)
03-3230-6573(営業)
振替　00180-0-29639
https://www.heibonsha.co.jp/

印刷・製本　株式会社東京印書館

©Satoko Tomita, Hidemasa Yamauchi 2019 Printed in Japan

ISBN 978-4-582-63518-8　C0092　NDC分類番号 911.12
B5変型判（21.7cm）　総ページ128

落丁・乱丁本はお取替えいたしますので、
小社読者サービス係まで直接お送りください(送料小社負担)。